AF602643

Nouvelle Collection illustrée. L'ouvrage complet **95** centimes.

Tristan Bernard

Amants et Voleurs

Calmann-Lévy, Editeurs.

Amants et Voleurs

Paris. — Imp. L. Pochy, 52, rue du Château. — 597-6-10

TRISTAN BERNARD

Amants et Voleurs

ILLUSTRATIONS

DE

LOUIS STRIMPL

PARIS

CALMANN-LEVY, ÉDITEURS

3, RUE AUBER, 3

A ROMAIN COOLUS

On est un peu gêné d'embrasser comme ça, devant du monde, un vieil ami de cœur et de pensée, et de lui déclarer tout à coup, comme si c'était une chose nouvelle, que l'on aime sa personne et ses ouvrages... Mon cher Coolus, je te dédie ce livre que tu connais bien. Il devait d'abord s'appeler : Héros misérables et Bandits à la manque, *mais c'était un peu long et j'ai fini par lui donner ce titre d'*Amants et Voleurs, *qui ne s'applique pas à toutes les nouvelles du volume, et qui s'applique mal à quelques-unes. Ces amants débiles ne sont pas du modèle généralement adopté ; je crois cependant qu'il en existe sur la terre un certain nombre de cette faible trempe. Quant à ces voleurs, la plupart manquent évidemment d'énergie ; ils se comportent à peu près comme se fût comporté l'auteur, si les circonstances de sa vie l'eussent dirigé vers la carrière du crime. C'est le plus souvent le hasard qui incline ces jeunes hommes au courage ou à la lâcheté, qui les pousse vers l'héroïsme ou vers l'infamie. Tu m'as dit que tu aimais certains d'entre eux. J'espère que d'autres lecteurs, bien que moins indulgents que toi regarderont pourtant avec un peu de sympathie ces timides canailles et ces héros sans vaillance.*

T. B.

En Casque et Sabre

— Simon, vous ne serrez pas votre distance, vous serez consigné deux kummels.

J'étais habitué à cette plaisanterie que me faisait au manège le brigadier Merlaux. Il avait adopté cette forme elliptique, les deux jours de consigne qu'il me donnait étant généralement levés à la cantine. Ce qui m'ennuyait le plus, ce n'était pas d'offrir deux kummels, c'était d'être obligé d'en boire un.

Nous étions une douzaine à la file dans le manège vaste et sombre. Avec nos bourgerons mal tirés et nos ceinturons de cuir, nous ressemblions à de grands enfants. Juché sur ma jument Lunette, les pieds pendants, faute d'étriers, j'étais partagé entre la crainte d'être puni et la préoccupation de ne pas amener les naseaux de Lunette trop près de la croupe de Franchise, qui ruait.

L'officier chargé des élèves-brigadiers était parti ce jour-là de bonne heure, et notre maréchal des logis n'avait pas tardé à le suivre. Cette double défection lui donnant le pouvoir suprême, le brigadier Merlaux avait quitté la tête de la reprise et s'était placé au centre du manège. Nous continuions à trotter sans étriers. Quelques-uns d'entre nous, impatients et autoritaires, soufflaient au brigadier le commandement : Au pas !... Mais il restait les yeux fixés sur la baie du manège, et disait entre ses dents :

— Un instant, nom de Dieu ! Le sous-officier est encore dans la cour !...

— Au pas ! tas de veaux ! nous dit-il un instant après. Feignants de malheur, qui ne veulent rien savoir pour aller cinq minutes au trot sans étriers ! Du temps que j'ai fait mes classes, tu parles que l'on pilait pendant des trois quarts d'heure, et c'est rare si nos gradés, à nous, étaient des poires comme moi, et s'ils nous avaient à la bonne !

La reprise avait maintenant l'aspect

élégant d'un groupe de cavaliers dans l'allée des Poteaux. Nous allions deux par deux ou trois par trois, les rênes flottantes, et des conversations particulières animées heurtaient d'échos discordants le froid silence du manège.

Il y eut bien un moment d'émoi, parce qu'un officier très galonné apparut quelques instants dans la baie. Mais on se rassura en le reconnaissant. C'était M. Colsonnet, le commandant du 5e escadron, qui faisait preuve d'un dédain tranquille pour tout ce qui était étranger au sujet, d'ailleurs inconnu, et peut-être inexistant, de ses méditations.

J'étais à cet instant dans un état d'esprit excellent, car les classes à cheval étaient virtuellement terminées ce jour-là. L'exercice du cheval constituait le gros ennui de ma vie de cavalier. Ce n'était pas à cause du trot sans étriers ; on s'y faisait. J'étais poursuivi par la crainte d'entendre commander : A terre et à cheval ! Pour sauter à terre, ça allait bien. Mais je n'arrivais pas à remonter à cheval d'un seul élan. Je courais à côté du cheval sans me décider à faire un effort pour sauter dessus. L'officier m'apercevait :

JE PASSAIS ENFIN MA JAMBE...

-- Eh bien, Simon, à cheval !

Je rassemblais toute mon énergie, je donnais un appel de pied dans le sable indifférent, puis je m'enlevais du côté montoir, pendant que Lunette continuait à suivre paisiblement ses camarades. Ma main droite avait un bon point d'appui sur le pommeau de la selle. Mais il n'en était pas de même de mon bras gauche. Lunette remuait constamment le cou, et j'avais empoigné trop peu de crins. Je retombais sur les pieds dans le sable. Il fallait remonter cependant. Je finissais par m'accrocher au pommeau et à la crinière, par me hisser le plus haut possible à coup de derrière, et par amener ainsi ma poitrine, puis mon ventre sur la selle. Je passais enfin ma jambe droite de l'autre côté, en raclant la croupe de Lunette, qui s'agitait déplaisamment à ce contact.

L'ennui, c'est qu'à peine sur ma bête, il fallait recommencer, car un laps de temps considérable s'était écoulé depuis que les autres s'étaient remis en selle. On commandait de nouveau : A terre et à cheval ! D'abord je ne bougeais pas, espérant vaguement qu'en raison des grands efforts que je venais de fournir, je me trouverais dispensé du second exercice :

— Eh bien, Simon, qu'est-ce que vous attendez ?

Je sautais à terre pour recommencer mes vaines escalades, si bien que le lieutenant, désireux de ne pas interrompre le travail de la reprise, me faisait venir au milieu du manège où je ne retardais plus rien.

La grande affaire, en cet endroit, était d'empêcher Lunette de bouger et de rejoindre ses camarades pour prendre part à leurs voltes et à leurs demi-voltes. Je pensais aussi qu'on me regardait, ce qui ne m'enhardissait pas. Et je n'étais pas plus tôt arrivé à mes fins que je regrettais de n'être plus à terre, car il fallait rentrer dans la reprise pour d'autres exercices qui ne me plaisaient pas non plus. On commandait : Appuyez la croupe en dedans ! ce qui n'avait rien d'effrayant en soi-même, mais ce qui annonçait que l'instant d'après, on allait commander : Partez au galop !

On partait au galop, et l'officier, à ce moment, tapait sur sa botte avec son stick. Il n'en fallait pas davantage pour mettre les chevaux en belle humeur. J'aime assez la belle humeur des hommes ; mais je ne goûte celle des chevaux que lorsque ma destinée n'est pas associée à la leur. L'ardeur de Lunette était fâcheusement stimulée par mes éperons qui, bien malgré moi, venaient s'accrocher à ses flancs.

La situation allait devenir critique, quand l'officier criait enfin : Au pas ! Lunette, bien que je tirasse sur la guide, ne reprenait le pas que lorsque le dernier des chevaux s'était remis à cette allure. J'avais à ce moment l'air froid de quelqu'un à qui on a fait une mauvaise plaisanterie, et qui est au-dessus de ça. Mais j'étais bien content que ce fût fini.

Les classes à cheval terminées, les chevaux ramenés aux écuries, on remontait dans les chambres, en emportant sur ses épaules la selle, la bride et la couverture toute chaude, qui sentait le poil mouillé. Les brigadiers nous pressaient et les bottes et les éperons, dans l'escalier des chambres, faisaient un bruit formidable sur les marches ferrées. A peine arrivions-nous jusqu'à notre lit, où nous jetions la selle d'un coup d'épaule, que l'on criait déjà aux deux bouts de la chambre : En bas pour l'escrime ! ou : En bas pour le pansage !

La précipitation qu'il fallait y mettre gâtait notre plaisir de quitter le lourd pantalon à basanes et les bottes, et de se retrouver dans le treillis flottant, dans les bonnes galoches, la tête entourée du confortable calot. On prenait derrière son lit, sa musette de pansage, où il manquait toujours quelque chose : le manche de l'étrille, ou l'époussette de drap.

J'aimais beaucoup les chevaux avant d'entrer dans la cavalerie, et la première fois qu'on me mit en présence de Lunette, ma jument, je n'éprouvai pour elle aucune antipathie. Mais comment continuer à aimer une bête à qui on est obligé de faire deux heures de pansage tous les jours ? A moins de ressentir un amour délibéré pour toutes les créatures de Dieu ou de désirer très vivement les galons de premier soldat, comment peut-on supporter sans tristesse l'occupation quotidienne de frotter avec la brosse et de gratter avec l'étrille le corps d'un animal plus haut que vous et beaucoup plus large, et qui présente une immense surface de peau, où sous l'étrille et sous la brosse renaît constamment une poussière inépuisable ? Je n'avais pas tardé à me convaincre que cette poussière était constituée par de minimes pellicules, et que plus je frottais, plus j'avais chance d'en détacher. J'avais donc, au bout de quelques séances, renoncé à frotter, sauf quand un officier s'arrêtait devant moi. Alors je passais la brosse sur le dos du cheval avec beaucoup d'animation, et une cadence de mouvement que j'avais l'air de donner pour ma cadence habituelle, mais qui était beaucoup trop précipitée pour être soutenue vraisemblablement pendant plus d'une demi-minute. Si, au lieu d'un officier, c'était un brigadier qui passait devant moi, le coup de brosse devenait une caresse légère, juste ce qu'il fallait pour ce gradé subalterne.

LE PANSAGE SE FAISAIT PARFOIS EN DEHORS...

Le pansage se faisait parfois en dehors, le long des murs, et l'on attachait les chevaux à des anneaux de fer. Le plus souvent, à cause de la pluie, ou les jours de soleil trop vif, on restait dans les écuries. On tournait les chevaux, la croupe à la mangeoire, et l'on n'apercevait dans l'écurie que les deux rangées en vis-à-vis de leurs longues faces débonnaires. Les hommes avaient disparu. Ils étaient assis sur les bat-flanc, causant à voix basse, ou rêvant. Seuls, deux ou trois, qui s'ennuyaient trop, faisaient du pansage et frottaient en désespérés.

C'est pendant ces longues heures inoccupées que je fis connaissance avec Aubin. Son cheval Rémus était voisin de ma jument Lunette. Aubin faisait à son cheval un pansage rapide. Cinq minutes de brosse et d'étrille, et Rémus était tout à fait propre. J'attendais avec impatience que ce fût fini, pour causer.

Aubin était engagé de cinq ans. Il s'était engagé à dix-huit ans, avec l'idée de faire sa carrière militaire, s'il ne s'ennuyait pas au régiment. Ce qui me plaisait en lui, c'est que tout en ayant des qualités d'agilité, d'adresse physique qui me manquaient, il témoignait, en m'écoutant, qu'il était sensible à certains dons intellectuels, pour lesquels les gradés qui m'entouraient n'avaient sans doute pas toute l'estime qu'il aurait fallu. Je lui racontais des histoires, dont il riait énormément. Il était très agréable.

Nous prîmes l'habitude d'aller dîner ensemble au restaurant trois ou quatre fois par semaine. Je ne sais pas pourquoi nous ne restions pas simplement à la cantine Vigneron, dans notre bon et spacieux bourgeron de treillis. Mais on considère que c'est un plaisir et un avantage de « sortir en ville ». Je mettais donc mon pantalon numéro un, dont le drap était dur et la ceinture bien étroite. Sur ma tunique, qui me serrait aux entournures, j'attachais le ceinturon où venait s'accrocher un sabre long et embarrassant, qui ne fut jamais pour moi un attribut familier. Sur ma tête enfin, s'appuyait lourdement le casque, qui sentait le vieux cuir et le vert-de-gris.

Je me souviendrai toujours de l'heure où le brigadier du magasin d'habillement me délivra ces instruments de torture. J'essayai ce jour-là une quinzaine de pantalons. J'avais les jambes courtes et les hanches larges. Tous les pantalons qui ne m'étranglaient pas le derrière étaient beaucoup trop longs de jambes. Pour n'être pas blessé par les bottes, j'en choisis de très vastes, de sorte que, lorsque je marchais, mon talon quittait la semelle à chaque pas et montait le long des contreforts. Mais ce mouvement ne faisait qu'augmenter sur le pavé des rues la résonnance flatteuse des éperons.

On me donna aussi un képi, pour l'exercice et la petite tenue. Il me prenait assez bien la tête, et je feignis par optimisme de ne jamais m'apercevoir qu'à la naissance de la visière se trouvait un repli de cuir, qui pendant toute une année, m'entretint sur le front une petite écorchure.

On nous avait conduits dans un autre bâtiment pour nous orner de casques guerriers. Ce n'était plus une coiffure comme le chapeau ou même le képi qui se fait à la forme de la tête. Le casque rigide est une sorte de meuble qu'on pose sur les soldats, un meuble de cuir, de cuivre et d'acier, indéformable. On s'était disputé les plus belles crinières. Comme j'avais horreur de la compétition, je me contentai de celle qui resta, et qui, étant très grêle, avait l'avantage de peser moins. Un homme du 5e escadron m'en vendit par la suite pour cent sous une magnifique, dont je n'avais guère envie, mais que je n'osai refuser. Elle disparut d'ailleurs au bout de deux jours et je retrouvai à la place, après mon casque, une espèce de misérable queue de chat, courte et clairsemée.

C'était l'époque où j'étais tout à fait bleu, un bleu d'une quinzaine, l'époque où à la chambrée j'étais encore entouré d'inconnus, avec qui je me familiarisais peu à peu. Les noms, avant de se poser définitivement sur les personnes, hésitaient comme des papillons. Le nom d'Audibert s'applique-t-il à cet homme roux, ou à cet homme un peu moins roux qui couche deux lits plus loin. On n'a guère que le visage comme point de repère. Quand les hommes sortent en ville, leurs jambes sont deux colonnes de drap rouge et de cuir noir. Il n'y a que trois ou quatre modèles de torses, correspondant aux trois ou quatre tailles de tunique. A la chambrée, ils ont des gilets de tricot et des pantalons de treillis. Le rapiéçage spécial d'un gilet de tricot fournit quelquefois des indications.

On confond moins entre eux les sous-officiers. Ils sont moins nombreux. Leur tenue de fantaisie leur laisse une forme plus spécialisée, des proportions plus reconnaissables. Et cependant il faut souvent un bon mois à un individu, doué de la mémoire des physionomies, pour arriver à s'y retrouver dans les sous-officiers.

Souvent le chef n'a pas trop de ses deux galons pour n'être pas confondu avec tel maréchal des logis de l'escadron.

On s'étonna de la rapidité avec laquelle je sus mettre des noms sur des figures. Et l'on dit de moi : Simon, il connaît tout le régiment. Et pourtant j'ai eu beaucoup de mal à en arriver là ; ce qui prouve que les autres avaient une difficulté terrible à faire sortir du rang des individualités précises.

En dehors du maréchal des logis Salaruc, trop basané pour n'être pas reconnaissable, du maréchal des logis Serpin, toujours à l'ordonnance, tous les maréchaux des logis furent pour moi : le sous-officier.

Celui qui était de garde le jour de mon arrivée au quartier était un grand garçon blond, qui paraissait très jeune et qui s'intéressait beaucoup « aux Parisiens ». Il me demanda avec un regard sympathique qui j'étais et ce que je faisais chez moi, et je lui répondis avec une abondance reconnaissante qui le satisfit très vite, car il me sembla qu'il en savait tout de suite assez. Je le trouvai martial avec son sabre et son étui de revolver en sautoir.

J'attendis quelques instants au corps de garde. J'étais le premier arrivé des volontaires. J'avais couché la nuit à l'hôtel, et je m'étais levé à quatre heures du matin.

Les cavaliers qui entraient au corps de garde, les hommes de corvée qui traversaient la cour avec leurs balais, comme tous ces gens étaient à leur aise et bien chez eux ! Un dragon en petite tenue dit au sous-officier :

— Je vais jusqu'à la manutention, m'chal gis (il disait m'chal gis ! en mangeant avec une grande habitude les syllabes qu'il fallait manger).

Il continua :

— Je vais chercher la jument du capitaine de Versins...

Le capitaine de Versins, un inconnu pour moi, son nom apparaissait brusquement dans ma vie. Comme ce dragon était supérieurement familiarisé avec ce nom-là !

Cependant les volontaires arrivaient un à un. On nous fit sortir du corps de garde et ranger le long du mur. Ils étaient pour la plupart assez tranquilles. Il n'y avait que moi d'effrayé. Et ma détresse était terrible. J'avais peur d'être puni, d'avoir un cheval trop vif, de coucher dans des draps pas propres, de n'avoir pas de facilités pour me laver, et de ne pas savoir exactement à qui il faudrait exactement payer à boire. Il faudrait aussi trouver le lieutenant de Beauvoisin, que je ne connaissais pas, et pour qui j'avais une lettre de recommandation. Je fus presque soulagé d'apprendre qu'il n'était pas en ce moment au régiment, étant parti chercher des chevaux de remonte.

On nous conduisit à la salle d'études, et l'on nous fit faire une dictée, que je jugeai trop facile. J'aurais voulu me distinguer. Mais je n'y arrivais pas.

Ma première sortie se fit un dimanche, en casque et sabre. Mes parents étaient venus me voir. Ma mère me trouva très beau. Cet avis favorable, qui contrastait un peu avec celui de mes chefs, m'empêcha de croire à mon inélégance, et d'en prendre délibérément mon parti.

Papa me fit déjeuner à l'hôtel du Commerce. Il y était descendu plusieurs fois, du temps qu'il voyageait pour les soieries avant d'avoir à Paris sa maison de rubans. Il me recommanda au patron de l'hôtel,

MES PARENTS ÉTAIENT VENUS ME VOIR...

un homme énorme, dont je n'ai jamais entendu le son de la voix, et qui dirigeait ses garçons avec des clignements d'yeux, des hochements de tête et en leur désignant des tables, du bout de son index très court. D'ailleurs, je ne vins pas longtemps à l'hôtel du Commerce. On nous indiqua, à mon ami Aubin et à moi, le restaurant de l'Étoile, où l'on était servi plus vite, et qui était plus près du quartier.

— Si vous voulez, nous dit le patron de l'Étoile, comme je suppose que vous êtes pour venir à peu près tous les soirs, je pourrai très bien vous faire dîner dans le petit cabinet qui donne sur la rue. Je ne vous prendrai pas plus cher. Les fois que j'en aurai besoin, de ce petit cabinet, j'en serai quitte pour vous le demander, voilà tout. Et par le fait vous ne vous trouverez pas dans l'inconvénient de dîner avec des officiers. Non pas qu'il en vienne de votre régiment ; mais nous avons toujours ici un peu de ces messieurs de la ligne, des « riz pain sel » ou du recrutement. Et vous pouvez aussi avoir l'idée qu'il y en a qui sont susceptibles de venir en civil, que vous pourriez peut-être bien ne pas reconnaître. Tout ça vous met dans la gêne pour parler de l'un ou de l'autre. Enfin, ce que je vous en dis, c'est naturellement dans votre intérêt et votre avantage. Et vous en ferez ce que vous voudrez. J'ai dit.

A partir du lendemain, on nous installa dans le petit cabinet, et nous eûmes le plaisir de voir arriver pour nous servir la nièce du patron, une jolie fille de vingt ans à peine. Elle avait tant de cheveux blonds qu'elle paraissait toujours mal coiffée. J'aimais bien son sourire, et ses yeux bleus étaient très doux et très malins. Elle nous servit du bœuf bouilli, prit sans façon une chaise et s'assit pour nous regarder manger. Elle nous parla du régiment, d'un sous-officier qui y avait été, un nommé Mansard, parti depuis aux cuirassiers. Il lui avait fait la cour. On ne sut jamais jusqu'où ils étaient allés.

J'aurais bien voulu l'embrasser, mais je n'osais pas. Aubin osa. Lui ne perdait pas son temps à se demander ce qui allait arriver. Quand Marie apporta du riz gratiné, comme elle avait des manches courtes, il lui prit le bras et il y posa furtivement ses lèvres. J'en fus d'ailleurs heureux comme d'une victoire personnelle.

Elle avait dit simplement : Hé bien ! hé bien !... Quand nous partîmes, Aubin s'approcha d'elle. Je me détournai par discrétion. Mais je vis dans la glace qu'il lui mettait un baiser dans le cou.

En sortant du restaurant avec mon camarade, j'avais cette impression gaillarde que nous avions fait la noce, et que nous étions les militaires de la légende, les militaires aimés des belles. Ma vie de chaque soir avait désormais un but. On irait au restaurant de l'Étoile. Et Aubin embrasserait Marie. Et qui sait ? Peut-être irait-il plus loin.

Le brigadier Albert avait une figure bien ronde, une petite moustache bien tracée et des joues colorées régulièrement. Il était sorti deuxième du peloton précédent d'élèves-brigadiers. Quand on manœuvrait mal, il criait le plus fort qu'il pouvait. Mais sa voix paraissait enflée, et il ne savait pas nous engueuler comme le brigadier Merlaux, qui nous envoyait les injures les plus ordurières, avec tant de bonhomie, que ça finissait par n'être plus grossier. C'était simplement un langage violent, destiné à être entendu de loin. Quand on manœuvre à cheval, il faut employer des mots à longue portée : Imbécile ! ne va qu'à dix pas. Bougre d'idiot! arrive à son adresse.

Le maréchal des logis Jehon, qui s'occupait des élèves-brigadiers, était un engagé à qui il manquait encore six mois de service pour finir ses cinq ans. Il nous faisait l'effet d'un homme presque vieux, bien qu'il eût vingt-cinq ans à peine. Il avait une forte moustache, un regard droit et ferme. Il me sembla dès le premier jour que je ne me rapprocherais jamais de lui.

Il lui arrivait d'être avec moi presque aimable, mais vraiment au prix d'un effort qui nous faisait mal à l'un et à l'autre. Et moi je lui répondais avec une complaisance qui ne se sentait jamais assez franche.

Je me rappelle qu'il prit la peine de me démontrer à moi tout seul le mécanisme de la carabine. Je l'écoutais avec un tel désir de paraître écouter attentivement que je ne saisissais pas un mot de son explication. Je hochais cependant la tête. et je disais de temps en temps : oui, mar'chal logis !

Je me souviens aussi de son air de pitié, un jour où j'étais en train de balayer l'écurie. Je balayais pourtant avec toute mon énergie. Mais il paraît que j'avais pour cet exercice une incapacité irrémédiable, et qu'il suffisait de me regarder un instant pour être sûr que jamais de ma vie je ne balayerais convenablement. Ce jour-là, Jehon me prit le balai des mains. Je vis que, sous le balai, la poussière s'en allait très bien. Pour moi, je n'enlevais jamais rien, faute d'appuyer assez fort ; et si j'appuyais trop fort, le balai ne glissait plus.

A la boxe, où nous donnions des coups de pied et des coups de poing dans le vide, je ne levais jamais les pieds assez en l'air et quand je donnais des coups de poing, affirmait le brigadier Merlaux, j'avais plutôt l'air d'attraper les mouches.

A force d'application, j'arrivais à ne pas trop me faire enlever aux classes à pied. On nous exerçait encore à cette époque au maniement d'armes, et quand on commandait : Reposez...arme ! j'appris tout seul, au bout d'un certain temps à retenir la crosse et ne pas la poser à terre tout à fait afin de ne pas gâter l'ensemble en faisant entendre un bruit retardataire.

Un vendredi après-midi, Aubin se trouva derrière moi, à un mouvement de l'école de peloton. Il me dit tout en marchant :

— Tu as ta permission pour demain ?

Je ne répondis pas tout de suite. Je m'imaginais que l'officier instructeur, M. de Grainville, avait à ce moment l'œil sur moi. Il était cependant assez loin de nous, en train de causer avec d'autres officiers, élégants et terribles comme de jeunes seigneurs. Tout en M. de Grainville était fin, le regard, la moustache, les ailes du nez. Je ne puis dire si c'était un officier de valeur, ou simplement un aimable cavalier, distingué d'allures. C'était l'officier. Après de longues années, je ressens encore la fascination que l'officier, ce dieu, exerce sur de pauvres cavaliers de deuxième classe, séparés de lui par une série de puissances, bénignes d'abord, puis importantes, puis redoutables. Quand l'officier vient aux classes, la vision encore furtive de son dolman et ses galons, au bout de la cour, crée tout de suite dans l'atmosphère une sorte d'enchantement. L'officier est là ! Il me semble que l'officier étant là, c'était une grande audace de la part d'Aubin de parler ainsi dans les rangs. Cependant je n'avais toujours pas dit si j'avais ma permission. Je lui soufflais un : oui ! rauque et étouffé.

Le téméraire Aubin me défila tranquillement une phrase très longue où il me disait que Marie avait congé le lendemain, et que nous irions à la campagne à quatre, avec une petite amie de Marie qu'elle me présenterait.

Je fus tellement impressionné que je n'entendis pas le brigadier Merlaux crier l'avertissement : Peloton !... Et quand le mot : Halte ! claqua tout à coup, je vins me jeter contre l'homme de devant. La secousse sembla se communiquer au brigadier Merlaux qui était pourtant à vingt pas du peloton. Il tressaillit, cria :

— Nom de Dieu ! L'officier qu'est là !...

Le sous-officier Jehon me dit d'une voix calme :

— Si le lieutenant me fait une observation, je vous mettrai quatre jours.

Je ne fus pas très ému de cette menace; car une punition de quatre jours, en me privant de permission pour le lendemain, coupait court en ce qui me concernait aux projets d'Aubin et aux difficultés de toute sorte qu'allait susciter cette partie de plaisir.

D'abord, ayant une permission, pourrais-je ne pas venir voir ma famille à Paris : mes parents ne l'admettraient jamais. Les samedis de permission, je prenais le train à cinq heures et j'arrivais à Paris à minuit. Papa et maman m'attendaient à la maison. Ils m'avaient fait préparer du jambon et de la bière. Je mangeais sans rien dire, et je ne disais pas grand'chose jusqu'au lendemain soir. Je n'étais pas fatigué au régiment, mais il me suffisait de rentrer chez moi pour me sentir accablé de fatigue. Je me levais à onze heures, pour profiter de mon lit. Je dormais encore quelques petites fois l'après-midi, préoccupé de la demande de fonds supplémentaires qu'il faudrait placer avant de partir à mon père qui ne s'y attendait pas. J'avais décidé de demander le double de ce qu'il me fallait. Mais la peur de mon père m'amenait peu à peu, avant de sortir ma demande, à la réduire à une somme toujours insuffisante.

Pour me permettre de prendre le train de sept heures et demie, on dînait de trop bonne heure, et je mangeais sans faim. J'avais l'estomac chargé ; le wagon sentait la houille et m'agitait d'hostiles secousses. Je ne m'endormais qu'une demi-heure avant d'arriver, pour me réveiller tout de suite après dans le froid de la gare. On descendait, endormi et triste, le long de la route bordée d'arbres qui conduisait au quartier. Il était trois heures du matin quand on rentrait dans l'air épais de la chambrée. On se couchait et on s'endormait le plus vite possible pour perdre la conscience de la mauvaise odeur. Et l'on était bientôt réveillé par la trompette tyrannique qui sonnait le demi-appel. Les brigadiers criaient : En bas pour les litières ! On descendait aux écuries, dans la détresse et l'angoisse du petit jour, avec l'interminable et odieuse perspective de quinze heures difficiles à tirer jusqu'à la nuit.

On jetait aux chevaux dans les rateliers leur petit déjeuner du matin, pendant que d'impatience ils raclaient leurs chaînes et tapaient des coups sourds sur les bat-flanc.

J'allais en permission, comme je sortais en ville. Je n'osais me soustraire à ces corvées qui portaient un nom avantageux. Et puis, j'avais toujours peur de peiner mes parents, en ne leur prouvant pas assez d'amour.

Jamais je n'oserais leur dire que je ne viendrais pas. Et jamais je ne mentirais, en disant que je n'avais pas de permission. C'était au-dessus de mes forces... Quand on commanda : Repos ! je m'approchai d'Aubin et je lui dis :

— Tu sais. Je ne crois pas que je pourrai.

— Pourquoi ça ?

— J'ai affaire à Paris.

— Oh ! mon vieux ! Tout ça c'est des histoires ? Tu t'arrangeras. Il faut absolument que tu viennes.

— J'ai bien peur de ne pas pouvoir.

— Tu viendras, affirma Aubin.

Le lendemain matin, le courrier fut providentiel. Ma sœur aînée venait d'avoir un bébé à Dijon. Papa et maman partaient pour la voir.

« Si tu viens à Paris, m'écrivait maman, tu coucheras à la maison, et tu iras déjeuner et dîner chez ton oncle Jules. »

Je répondis par dépêche :

« Préfère pas venir Paris puisque êtes pas. »

Tout s'arrangeait. Et je n'étais pas plus content pour cela. Car maintenant que rien ne l'empêchait plus, la partie de plaisir me faisait peur, comme toutes les parties de plaisir.

J'avais suivi avec un intérêt passionné la conquête de Marie par Aubin. Cette aventure me donnait plus de satisfaction, en tout cas une satisfaction moins mêlée et moins troublée, que si j'avais été moi-même en jeu.

Si Marie m'eût aimé, un pervers et juvénile instinct de dénigrement m'aurait constamment tourmenté : je me serais ingénié à la trouver moins avenante et moins jolie. Mais j'étais charmé inlassablement par le sourire et les yeux familiers de l'aimable amie de mon ami Aubin. J'étais pour elle le spectateur toujours dispos et toujours séduit. Et j'étais heureux que ce joli visage fût attendri par l'amour, puisqu'aussi bien celui qu'elle aimait était ce garçon de belle taille, franc de regard et de traits réguliers.

Je crois que, plus âgés, nous n'accueillons pas les succès amoureux de nos amis avec un tel enthousiasme. C'est qu'ils sont eux-mêmes plus âgés et moins faits extérieurement pour l'amour. C'est qu'ils sont aimés pour des charmes moins apparents, pour des regards et des expressions de visage que leurs amies seules connaissent. D'autre part, ils sont plus discrets, se surveillent, craignent le ridicule, et ne trahissent leur fougue que seul à seul avec l'objet aimé. Il me semble qu'ils se cachent de nous, et inconsciemment nous leur en gardons rancune.

Ce fut un grand jour pour moi que celui où Georges Aubin devint l'amant de Marie. C'était promis pour un jeudi. Il avait rendez-vous avec elle dans une petite chambre que nous avions louée en ville. Je conduisis Aubin jusqu'à la porte. J'attendis quelques instants dans un café voisin, pour guetter sa venue à elle. Le cœur me battait. Allait-elle venir ?... Elle vint. Je rentrai au quartier très joyeux, et jusqu'à minuit j'attendis Aubin dans la cour. Il arriva à la dernière minute. Nous traversâmes la cour sans rien dire. Arrivé dans l'escalier des chambres, il m'embrassa, se mit à pleurer et me dit qu'il était bien heureux. Je l'embrassai aussi, très ému. Je sentis que nous étions bien amis.

J'étais très content, quand on sortait ensemble tous les trois. J'étais pour leur amour un public, et un public bienveillant. Ils renouvelaient leur plaisir à s'embrasser devant moi. Et puis, je les distrayais. Ils s'aimaient grâce à moi sans jamais s'ennuyer, me quittaient lorsqu'ils souhaitaient d'être seuls ensemble, revenaient à moi, quand ils avaient besoin d'une société. Comme ils parais-

2

saient contents d'être avec moi, j'étais heureux d'être avec eux.

Je ne demandais rien davantage et j'étais bien tranquille ainsi. Ce furent eux qui s'avisèrent que je m'ennuyais sans doute de n'avoir pas de petite femme à embrasser, et que j'étais peut-être agacé d'être là tout seul, à les regarder. Un penchant naturel et très féminin à rapprocher des personnes décida Marie à me présenter à une amie. Comme cette amie s'appelait aussi Marie, on résolut, pour ne pas les confondre, d'appeler Marion la Marie à Georges.

Cependant, je n'avais pas encore vu ma Marie à moi, que Marion devait amener ce samedi soir à six heures à la gare, où tous ensemble nous devions prendre le train pour un petit village que nous connaissions déjà pour y être allés à trois. Marion m'avait dit que Marie était très bien. Mais elle me l'avait affirmé avec plus de résolution que d'élan. J'étais donc un peu inquiet. Enfin je me disais que c'était toujours une femme. Je priai le ciel qu'elle n'eût pas de mauvaise odeur. Le reste, je m'en arrangerais.

Toute la journée du samedi fut occupée par la crainte de la punition fatale, des deux jours de consigne qui m'empêcheraient de partir en permission. Les occasions de « récolter » ne manquèrent pas. Au pansage du matin, je m'aperçus que Lunette saignait au garrot.

— Conduisez-la à la visite, me dit le brigadier Merlaux. Et mouvez-vous un peu ! Si des fois le vétérinaire est pour s'en aller, il sera de mauvaise humeur de vous voir arriver en retard, et vous n'y couperez pas de vos quatre jours, pour avoir mal sellé votre bique et l'avoir blessée sur le dos.

Le vétérinaire était un homme long et triste dont la pèlerine, les moustaches et le nez pendaient du même mouvement vers le sol. Il toucha la blessure de Lunette, qui se mit à danser fortement en remuant sa grosse croupe. Je vis, d'après le « Ho ! ho ! » dont il la calma qu'il n'était pas trop mal disposé.

— Laissez-la ici, me dit-il. On va la laver à l'eau blanche. Vous viendrez la rechercher tout à l'heure, et vous direz à votre brigadier de semaine qu'elle est indisponible pour deux jours.

Aux classes à cheval, je montais Berceau, le cheval de voltige. Il trottait quand il entendait commander : « Au trot ! », accomplissait tout seul les voltes et les demi-voltes. J'étais content et un peu humilié tout de même, car Berceau exécutait directement les ordres de l'instructeur, et semblait me considérer moins comme son cavalier que comme un paquet un peu gênant qu'on lui avait mis sur le dos, pour augmenter probablement le mérite de ses exercices.

Après les classes à cheval qui eurent lieu ce jour-là à onze heures, nous descendîmes à la salle d'escrime où les élèves prévôts nous mirent en main des fleurets raccommodés trois ou quatre fois et tordus, et nous donnèrent une fastidieuse leçon. — Engagez quarte ! — Parez et ripostez ! — Avec des observations machinales : la plante du pied gauche bien à plat !... Soutenez le poignet! Ne laissez pas tomber le bras gauche ! En garde !

Tout ceci se passait sous la direction de l'adjudant maître d'armes, le sentencieux Bonelli, qui employait son temps à mesurer la salle en large et en long, et à changer de place des tableaux dessinés à la plume, où se trouvaient inscrits, parmi des guirlandes, les noms de tous les maîtres d'armes qui avaient été au régiment.

Le pansage de trois heures ne donna lieu à aucun incident. L'officier de semaine était là. Mais c'était M. de Kervéron, et il ne s'occupait que de son cheval, lui examinait les pieds, les poils de la crinière, ne se lassait jamais de le faire promener devant lui pour voir s'il ne boitait pas, lui touchait les jarrets et les canons pour sentir s'ils n'étaient pas trop chauds, le faisait conduire à l'abreuvoir avant que l'eau ne fût troublée, le regardait boire, le faisait ramener lentement aux écuries, tournait sa main gantée dans la mesure d'avoine pour s'assurer qu'il n'y restait pas de corps étrangers, mettait lui-même trois bottes de paille dans la litière, plutôt sous les pieds de derrière, afin que la bête ne pût pas la manger. Et, quand toutes ces précautions étaient prises, il se promenait avec une tristesse rêveuse, en songeant, sans doute, à tous les accidents, mystérieux et inévitables, qui menacent la race chevaline.

Le pansage terminé, je montai enfin à la chambre pour m'habiller. Gourin, mon brosseur, m'attendait. Gourin était employé aux cuisines, où il aidait le cuisinier en pied. C'était une espèce d'hercule dont l'amitié joviale était terrifiante. Car en m'appelant son fi Simon, il m'attrapait par les épaules qu'il serrait à les briser, me jetait sur mon lit, me tirait violemment les jambes sous prétexte de m'enlever mes galoches, m'enroulait ensuite et m'étouffait dans des couvertures, et me claquait de grands coups sur le crâne avec le plat de sa main. Le tout me revenait à huit francs par semaine. Quand je sortais le soir, il passait trois ou quatre fois sa brosse sur mes basanes en me disant :

— T'es solide ! Tu fais qu'un an, mon fi Simon. T'étais de la classe en arrivant.

Une fois pour toutes, il m'avait astiqué ma bride d'une façon extraordinaire. Le cuir semblait verni, les boucles de cuivre étaient blanches d'éclat, le mors était poli au bleu. Pour ne pas compromettre cet ouvrage, il avait enveloppé le tout dans un linge fin, et c'est la bride de son cheval à lui qu'il me donnait à la place. se contentant de la nettoyer sommairement. Je lui disais parfois :

— Tu sais, le lieutenant m'a attrapé pour ma bride et m'a menacé de quatre jours !

— Les as-tu eus ? me demandait-il brusquement.

Il boudait, ce qui me valait vingt-quatre heures de tranquillité. Ce samedi-là, il m'avait fait reluire à la hauteur mon casque et mes boutons de tunique ; mes basanes étaient cirées « au pinceau » car il savait que j'allais voir c'te femme.

— Comment donc qu'elle est ? C'est-il une belle fumelle, au moins ? Faudra pourtant que tu me la fasses voir un jour, mon fi Simon !

Comment était-elle, au fait ? J'en étais encore à me le demander, toujours avec un peu d'inquiétude. Comme Gourin venait de m'accrocher mes bretelles et me passait ma tunique, Aubin, qui couchait à l'étage au-dessus, entra dans la chambre. Lui, portait le casque avec élégance, et son sabre ne l'embarrassait pas. Je le trouvais si aisé d'allures, que je m'imaginais l'être aussi, quand je marchais à ses côtés dans la rue et que mon pas martial se réglait sur le sien.

Il fallait pourtant, pour conserver cette illusion, ne pas m'apercevoir du petit coin d'œil ironique qu'avait toujours le sous-officier de garde, quel qu'il fût, quand je joignais les talons pour lui demander la permission de sortir. Il était évident pour tous, excepté pour moi, que j'avais, dans la tenue et dans la démarche, un je ne sais quoi qui n'était pas militaire. Il ne me restait d'autre ressource que de décider que tous ces gens m'étaient hostiles par bêtise, et qu'il fallait les mépriser. C'est ce que je fis de mon mieux. Mais je n'étais tout de même pas assez sûr de moi pour être tranquille.

NOUS ARRIVAMES, AUBIN ET MOI...

Nous arrivâmes, Aubin et moi, dans l'avenue de la gare. Et Aubin dit ces quelques mots qui me firent tressaillir :

— Je crois que les voilà là-bas !

Je levai les yeux et j'aperçus à une centaine de pas Marion et sa robe rose, à côté d'une autre personne, en gris, assez grande, et dont le vaste chapeau, orné de marguerites, m'impressionna 'une façon plutôt favorable. Il me sembla qu'elle était très bien. Mais alors, pourquoi Marion et Georges m'avaient-ils paru si réservés dans leur appréciation?... Il est vrai que nous étions encore loin.

Nous approchions, et je ne lui découvrais encore aucune tare. Elle avait de grands yeux noirs. Ce ne fut qu'en arrivant auprès d'elle que je vis qu'elle manquait de charme, sans qu'on sût exactement pourquoi. Elle était grande, pas trop maigre. Ses traits étaient réguliers, son nez droit et fin ; en cherchant bien, on pouvait lui reprocher d'avoir trop peu d'espace du nez au menton, et les lèvres trop minces. Mais ce n'était pas à cela, c'était à autre chose d'indéfini qu'il fallait attribuer son manque de charme.

C'était une femme qui ne vous donnait des idées, comme aurait dit Gourin, qu'à condition de se répéter tout le temps : C'est une femme ! C'est une femme !

Marion nous présenta et nous dit d'une voix enjouée :

— Au nom de la loi, vous êtes unis !

Je me mis à rire, pas très spontanément. La personne se mit à rire aussi, avec si peu d'expression dans le regard qu'on ne put savoir si elle était gênée ou non.

Je vis bientôt que Marion et elle se connaissaient très peu. Elle travaillait chez une ouvrière où Marion faisait faire ses corsages. Marion lui avait demandé, en causant, si elle allait à la campagne le dimanche. Elle avait répondu qu'elle se promenait sur le mail, à la musique... Vous n'avez donc personne avec qui aller à la campagne ?... C'est alors que Marion avait pensé à moi, et l'avait invitée à venir avec elle et Georges, en lui disant qu'elle lui présenterait un ami. J'appris tous ces détails par Marion, car pour rien au monde je n'aurais posé une question à cette personne, dont l'aspect tuait instantanément toute curiosité. Quand je lui parlais, il me semblait que ma voix prenait un son ingrat.

Il s'était trouvé que grâce à un concours de circonstances spéciales, elle avait déjà eu un amant. Ce fut dans un château des environs où elle était allée travailler en journée. Elle avait été séduite par le monsieur du château, un homme entre deux âges, qui habitait avec une femme infirme et bien plus âgée que lui.

Pour aller jusqu'à Morilly, où nous avions retenu deux chambres à l'auberge, le chemin de fer mettait une demi-heure environ. A peine dans le compartiment où nous n'étions que tous les quatre, Georges et Marion commencèrent à s'embrasser comme des enragés. Moi, je m'étais assis à l'autre bout de la banquette, à côté de Marie, et j'avais passé mon bras derrière son dos. Puis je me mis à l'embrasser par devoir, comme un enfant mange sa soupe. Je lui appuyais des baisers sur le cou, en les prolongeant le plus possible, pour en attester la ferveur. Comme je levais la tête pour respirer, elle me déposa à son tour sur la joue un petit baiser, puis elle se mit à sourire, d'un sourire qui n'en finissait plus.

Le voyage se passa ainsi. Je l'embrassai avec beaucoup d'assiduité. Nous évitions de regarder Georges et Marion, qui se tenaient très mal. Ce fut un grand soulagement pour moi quand le train s'arrêta à Morilly. D'abord j'avais faim ; nous avions passé depuis longtemps l'heure de la soupe.

On nous servit dans une petite salle inondée de soleil couchant, au milieu d'une fanfare de mouches. Le potage était clair comme de l'eau de roche. En sa qualité de nièce de restaurateur, Marion se livra à des critiques sévères sur un poisson si mou, et un poulet si dur, qu'il n'y avait vraiment pas besoin de compétence spéciale pour en apprécier la qualité.

On ne s'amusait pas encore ; il est vrai qu'on ne faisait aucun effort pour cela. Il semblait qu'on ne voulût pas y mettre du sien, et qu'il fallait laisser la partie de plaisir nous réjouir toute seule, par sa propre vertu.

Il semblait aussi que la présence de Marie n'animait pas la fête. Elle ne disait rien. Elle buvait quantité d'eau rougie et mangea toute la salade, que nous avions trouvée trop vinaigrée.

Le résultat ne se fit pas attendre, Comme on apportait l'entremets, nous la vîmes porter sa serviette à sa bouche. Puis elle s'approcha de la fenêtre, et des haut-le-cœur, comme des actes de contrition, la penchèrent violemment en avant.

Déjà, sans nous être communiqué notre impression, notre accord s'était fait tacitement pour apprécier l'élément d'intérêt que la présence de Marie apportait à notre groupe. Et nous pensâmes à la même seconde : « Il ne manquait plus que ça ! ».

Marion cependant s'était levée, et dévouée, bien que sans ardeur, elle tenait la tête de la patiente, et lui répétait doucement :

— Si vous pouviez vomir, ça vous soulagerait.

Un bruit frais de quelque chose qui tombait sur les plantes d'en bas nous avertit que Marie était arrivée à ses fins.

Mais elle ne fut pas soulagée pour cela. Elle vint se rasseoir à la table, pendant que Georges lui versait de la menthe dans de l'eau fortement sucrée.

On décida d'aller la coucher. Marion monta avec elle, en la soutenant dans l'escalier. Georges et moi, nous restâmes seuls à manger du fromage, à la lueur d'une bougie triste. Puis nous avisâmes un vieux jeu de dames, dont les pions blancs, qui noircissaient, et les pions noirs, qui blanchissaient, se ressemblaient à s'y méprendre. La partie finie, Marion n'était pas descendue. Nous commencions à avoir sommeil. Enfin elle apparut dans l'escalier.

— Vous savez qu'elle souffre toujours. Je vais être forcée de coucher avec elle. Georges et vous, vous allez coucher ensemble, en attendant qu'elle aille mieux.

Nous acquiesçâmes à cette proposition, puisqu'il n'y avait pas moyen de faire autrement. Marion était à moitié déshabillée. Elle souriait de son sourire bienfaisant. Aucune femme ne me semblait si désirable. Et pourtant, pour rien au monde je n'aurais voulu être son amant. Il me semblait, il me semble encore, que c'eût été pour moi un plaisir impossible à supporter, et que j'en aurais été frappé d'effroi comme un pâtre indigne que distinguerait, dans un instant de folie, une immortelle. Je craignais son amour comme la foudre. C'était, d'ailleurs, une crainte un peu chimérique.

La chambre où nous allions était au même étage que celle où reposait Marie, mais à l'autre bout du couloir. Je plaisantai Georges en me déshabillant.

— Tu vois, mon vieil Aubin. Ça t'apprendra à vouloir marier ton petit ami. Nous étions si tranquilles tous les trois.

Comme j'allais me mettre au lit, Marion revint, nous apportant cette fois de bonnes nouvelles. Marie se trouvait mieux. Je pouvais aller la retrouver, à condition de ne pas la remuer trop.

J'allai donc rejoindre Marie. Je m'étendis auprès d'elle. Je la pris dans mes bras, et lui parlai avec une tendresse très vive et très naturelle. Quelques instants après, cette tendresse était calmée, et je lui disais avec une sollicitude moins exaltée :

— Maintenant, je crois que vous feriez bien d'essayer de dormir.

Quand je me réveillai le matin, je n'avais personne à côté de moi. Je vis Marie tout habillée, son chapeau de marguerites sur la tête.

— J'ai attendu que vous soyez éveillé pour vous dire au revoir, me dit-elle. Je vais prendre un train pour retourner chez moi, parce que, n'est-ce pas, je ne suis toujours pas bien portante.

J'étais à moitié endormi. Je répondis d'un air égaré : Oui... oui.

Elle poursuivit :

— Nous pourrons sortir ensemble un de ces dimanches.

— Oui, c'est ça.

— Je ne vous dis pas de venir me voir en semaine, parce que je suis chez ma patronne... Alors... n'est-ce pas ?

Je répondis encore : oui... oui...

— Au revoir, me dit-elle en me tendant la main.

Je la lui serrai machinalement. Puis, comme elle s'en allait, je me dis que j'aurais dû l'embrasser. Mais je n'y avais pas pensé. Je m'allongeai et je m'étirai dans le lit avec une grande satisfaction.

L'après midi, Marion, Georges et moi nous nous promenâmes dans la forêt. Nous étions contents de nous retrouver ensemble tous les trois.

Nous fîmes cependant, à quelques semaines de là, un autre essai. Marion avait rencontré chez une de ses amies une grosse femme rousse, qui travaillait dans une maison de modes. Mais sa pétulance et sa gaieté agressive nous amenèrent à regretter la passivité de Marie, qui n'était en somme pas très gênante, du moment qu'on surveillait son alimentation et qu'on l'empêchait de s'emplir de salade. La grosse modiste avait la rage de chanter des chansons de café-concert. Encouragée par des applaudissements obtenus en d'autres milieux, elle se laissait aller à une grande exubérance de gestes, que ne récompensaient pas assez nos sourires languissants. On finissait par rire un peu plus fort par condescendance. Mais ces approbations charitables furent pour elle un tel stimulant, que nous revînmes d'un commun accord au silence le plus glacial.

Ce fut encore un dimanche perdu. Il nous décida au moins à renoncer aux nouvelles connaissances. Toutes ces déceptions, d'ailleurs joyeusement accueillies, avaient l'avantage de fortifier notre liaison, en nous en faisant sentir davantage tout le charme rare et le prix. Et je ne voyais vraiment pas comment et pourquoi cette amitié serait gâtée.

Un après-midi, j'étais descendu de très bonne heure à l'appel de trois heures. Je venais d'apprendre par l'ordonnance du lieutenant de Grainville que son officier était parti à Paris pour deux jours. Pendant deux jours, nous ne l'aurions pas aux classes à cheval. Le maréchal des logis Jehon m'était hostile. Mais sa surveillance se traduisait plutôt par des phrases méprisantes dont je prenais mon parti, et que je préférais à la froide politesse du lieutenant qui, inopinément, faisait tomber sur vous une punition irrévocable. Simon, quatre jours de salle de police !... On savait que ce serait marqué.

Cette vie de régiment au jour le jour était occupée par de petites espérances à courte échéance et une matinée était comme éclairée par des satisfactions de ce genre, le départ d'un officier en permission, ou une écorchure au pied qui vous exemptait pour quelque temps de bottes et de classes à cheval.

J'étais donc, à cet appel de trois heures, dans un état d'esprit assez heureux, et je jouissais particulièrement, ce jour-là, de me trouver, avec la permission publique, dans cette tenue lâche et débraillée d'un soldat en bourgeron. Nous étions rangés sur deux rangs espacés, et nous avions de bons aspects patibulaires sous notre calot d'écurie et dans notre treillis plus ou moins taché. L'appel fini, on serrait les rangs. En présence du capitaine et du chef, le maréchal des logis de semaine commandait : A droite et à gauche, formez le cercle ! L'aile gauche, où j'étais, s'avança pour exécuter le mouvement commandé, et c'est alors que j'aperçus Aubin à l'aile droite qui venait sur nous, et que je fus frappé de son air désolé. Je l'interrogeai du regard... Il hocha la tête, avec l'air de dire : Si tu savais ce qui arrive !

On nous lut la décision... Les hommes du peloton hors rang seront nourris jusqu'à nouvel ordre par les cuisines du troisième escadron... Les chevaux Hardi, Héricourt, Hublot seront présentés au conseil de réforme... La punition du dragon Toufler est portée à quinze jours de prison...

— Sur le centre alignement !... Cavaliers à gauche, gauche !... Colonne, en avant, marche !... Tournez... gauche !... Direction les écuries... Pansage à l'intérieur !

Quand nous fûmes arrivés, Aubin et moi, dans les stalles, nous nous dépêchâmes de bridonner et de retourner nos chevaux et de les attacher à la chaîne du bat-flanc. Puis, prenant d'une main la brosse à bouchon pour nous donner une contenance, nous vînmes nous appuyer contre les mangeoires, en posant l'autre main sur la croupe de nos chevaux, pour les avertir qu'il y avait du monde et qu'il ne fallait pas taper.

— Voilà, dit Aubin. Je viens de la voir tout à l'heure... Elle est dans tous ses états. Il faut te dire que, depuis trois ans qu'elle est chez son oncle, c'est toujours elle qui a eu la clef de la caisse... C'est elle qui paie les fournisseurs et tout... Il se trouve — je te dis ça à toi, tu comprendras tout de suite que c'est un secret très grave — il se trouve qu'elle a pris de temps en temps de l'argent pour elle, en pensant bien, n'est-ce pas ? qu'elle le rendrait... Elle se disait toujours qu'elle en aurait de sa marraine d'ici quelque temps. Elle comptait là-dessus pour rétablir ce qui manque. Or il paraît que sa marraine n'est pas du tout à son aise dans son commerce et qu'elle n'a jamais d'argent disponible : c'est ce que ma petite Marion ne savait pas... Enfin, voilà que son oncle a eu la toquade de s'acheter un terrain, je ne sais pas où, du côté de Saint-Arvin, et qu'il lui faut de l'argent pour payer son acquisition. Il l'a promis au notaire pour après-demain jeudi. C'est une chose signée. Il va demander l'argent de la caisse, et il manque un peu plus de huit cents francs... Cet homme-là est une brute. Il ne comprendra rien... Alors, tu comprends, elle s'affole. Tout à l'heure elle parlait de se tuer. Qu'est-ce que tu veux que je fasse ?... Je n'ai absolument rien. Tu connais ma situation. Ma pauvre maman vit d'une petite pension, et je me reproche constamment le peu que je lui coûte... Tu ne peux pas t'imaginer ce que je suis depuis midi. Je ne sais plus ce que je fais. On va sauter des obstacles tout à l'heure. Je glisserais exprès, en sautant, si j'étais sûr de me tuer du coup.

— Tais-toi ! lui dis-je, je vais écrire à mon père.

C'est curieux, moi qui me sentais dénué de courage à l'idée de demander quarante francs à mon père, je n'avais plus aucune hésitation, du moment qu'il s'agissait d'un autre. Je vis tout de suite la combinaison à proposer. C'était une avance que je demanderais à papa. Pour se rembourser il me retiendrait une somme de... sur mes semaines, pendant ce qu'il faudrait de temps, un an ou dix-huit mois.

— Malheureusement, dis-je à Aubin, je ne pourrai écrire que demain. Mes parents sont partis aux eaux depuis hier. Je ne sais pas encore à quel hôtel ils descendent. Je n'aurai leur adresse que demain matin.

— Tu ne pourrais pas télégraphier ? demanda Aubin.

— Ce sera difficile. Papa consentira, mais il faut que je lui donne des explications détaillées. Et si j'envoie une dépêche un peu longue, avec trop de mots, il ne sera pas content.

— C'est terrible, dit Aubin. Jamais nous n'aurons l'argent pour après-demain. C'est comme si nous n'avions rien.

— Qu'est-ce que tu veux ? Alors je télégraphierai.

— Es-tu sûr que ton père te donnera l'argent ?

J'hésitai d'abord. Mais je le vis tellement désolé que je me hâtai de lui dire que j'en étais sûr, en exagérant mon air convaincu pour compenser l'effet de mon hésitation.

— Je vais le dire tout de suite à Marion.

Aussitôt après les classes à cheval, il remonta dans sa chambre et se mit en tenue de ville avec une telle rapidité, que, revenant à peine des écuries, ma selle, ma bride et ma couverture sur la nuque, je l'aperçus qui traversait la cour en casque et sabre, et demandait rapidement la permission de sortir au maréchal des logis Rascaud.

A la cantine, tout en mangeant le navarin un peu collant et la galantine desséchée qui formaient le menu du jour, j'étais heureux de penser que j'allais rendre à notre petite Marion sa quiétude et sa joie. Il ne me venait pas à l'esprit que mon père pût me refuser. La combinaison dont j'avais eu l'idée arrangerait les choses. Ce n'était plus huit cents francs à lui, c'était huit cents francs à moi qu'il allait me donner. J'oubliais qu'à lui ou à moi, c'était de l'argent, et qu'on ne laisse pas l'argent sortir ainsi de la famille.

En dînant à la cantine on était libre à six heures moins le quart. On pouvait ensuite se promener dans la cour à ne rien faire, perdu et libre dans le bourgeron hospitalier, qui n'était pas « susceptible », étant déjà taché jusqu'à la gauche. C'était vraiment fou de préférer le restaurant, où il fallait aller en casque et sabre, pour en revenir précipitamment avant neuf heures, en bouclant son ceinturon sur son estomac en travail, et en traînant derrière soi ses bottes en retard.

En attendant Aubin dans la cour, je m'approchai d'un groupe de volontaires qui entouraient avec des figures complaisantes le maréchal des logis Jehon.

Je me souviens très bien que Jehon — qui avait été en garnison dans les Basses-Pyrénées — parlait à ce moment des jeux en plein air et de la pelote basque. Je l'écoutai, moi aussi, avec un intérêt un peu exagéré. A diverses reprises, dans l'interstice de deux répliques, j'essayai de glisser quelques renseignements que je possédais sur les sports d'Angleterre, le cricket... Quand je réussis à prendre la parole, Jehon m'écouta froidement et poliment, en hochant de temps en temps la tête. Quand j'eus fini, il ne répondit rien, marqua un temps, et reprit la conversation où il l'avait laissée, en s'adressant à un de mes camarades.

Je détestais ce Jehon. Je lui en voulais des efforts infructueux, condamnés d'avance, que je faisais pour le conquérir.

Je lui en voulais de me sentir en sa présence si gauche et si impuissant.

Cependant Aubin, à neuf heures moins cinq, n'était pas dans la cour. Je montai à la chambre pour ne pas manquer l'appel. Tous ceux des hommes présents qui n'étaient pas encore couchés se tenaient à la tête de leur lit. On entendit la sonnerie du trompette. Des pas, renforcés de bruits métalliques, se hâtaient dans l'escalier. C'étaient les retardataires qui gagnaient les chambres à la hâte. Puis on entendit, plus assuré, un autre bruit de sabre et d'éperons. C'était le maréchal des logis de semaine.

J'AI EMPORTÉ L'AUTRE A LA PLACE...

— Silence à l'appel ! cria le brigadier... Manque personne, marchal'gis !

Le sous-officier, en casque et sabre l'étui du revolver en sautoir, passa rapidement devant les lits. C'était la figure impressionnante de l'autorité. En passant devant moi, le symbole disparut tout à coup, le sous-officier s'humanisa, la bonne voix gouailleuse du maréchal des logis Chaumel me houspilla joyeusement :

— Simon, à la boîte illico, ou prêtez-moi un livre !

Je fouillai avec empressement dans ma valise et je lui donnai sept ou huit volumes qu'il fit porter dans sa chambre.

L'appel une fois rendu, je me préparais à monter à l'étage au-dessus pour voir si Georges était rentré, quand il apparut à la porte de la chambre et me dit d'une voix impérative : Descends !... Nous allâmes ensemble très loin dans la cour. Il regardait autour de lui.

— Ecoute. Il est plus indispensable que jamais que tu écrives à ton père. Marion n'a pas pu supporter l'idée que je n'aie pas l'argent pour jeudi. Elle s'est affolée.. Je ne peux pas la voir comme ça... Alors j'ai fait une chose...

» Voici ce que j'ai fait... Tu sais que je vais de temps en temps travailler au bureau du chef, pour lui recopier des situations... J'ai remarqué qu'il laissait quelquefois ses clefs dans un tiroir qu'il ne ferme pas. Une de ses clefs ouvre l'armoire où il met l'argent de l'escadron. L'autre jour, je l'ai vu mettre dans une enveloppe onze cents francs ; c'est de l'argent de réserve, je ne sais pas, enfin quelque chose qu'on met de côté et à quoi on ne doit pas toucher immédiatement. Il a collé l'enveloppe. Je me suis procuré une enveloppe semblable... Oui, je savais où en trouver... J'ai mis des papiers dedans, pour faire la même grosseur. Et j'ai emporté l'autre à la place... Marion a son argent.

Nous marchâmes quelques instants en silence le long des écuries sur le pavé pointu. On entendait comme de sourdes détonations, les coups de pieds des chevaux sur les bat-flanc. Je ne disais rien. J'aurais voulu crier tout de suite à Aubin que je l'excusais, que je l'aimais toujours autant. Je ne sais pas au juste pourquoi je m'empêchai de lui dire cela. J'ai peut-être senti à ce moment qu'il ne s'imaginait pas avoir mal fait, qu'il ne considérait pas son acte comme un vol, et qu'il ne voulait pas être excusé... Je me bornai donc à dire après quelques instants :

— Demain, à la première heure, je télégraphierai à mon père.

— Ne télégraphie pas, dit Aubin. Il n'y a pas de danger qu'on ouvre l'enveloppe avant quelque temps d'ici. Il vaut mieux écrire à ton père une lettre détaillée, afin qu'il accepte sûrement. Évidemment je ne serai pas tranquille tant que l'argent ne sera pas là. Mais tant pis ! J'aurai le courage de supporter cette inquiétude. L'important est que nous réussissions et que ton père nous envoie ce qu'il faut.

— Et tu as tout dit à Marion ?

— Je n'ai rien de caché pour elle. Tu nous connais ; mais tu ne peux pas te figurer combien je l'aime. Je sauterai le mur cette nuit ; il faut que j'aille la retrouver. Je t'aime aussi, mon vieux. Tout m'attache à toi davantage. Et tu vois bien comme je te dis tout... Mais je ne suis bien qu'auprès d'elle. Quand nous sommes ensemble nous ne sentons pas notre malheur.

« Mon cher fils,

» Me voici bien installée à l'hôtel des Bains. J'ai une chambre très claire. Ton père a une chambre plus petite que la mienne, mais bien exposée. Le service n'est pas mal fait. Nous mangeons à une petite table au même prix qu'à la table d'hôte. C'est bien plus agréable. Je commence mon traitement demain. Papa ne manque pas de distractions. Il a retrouvé ici son ami Moret, qui va lui faire sa partie de dominos.

» Mille baisers.

» Ta mère. »

» Au sujet de ce que tu lui as écrit, ton père te prie de dire à ton ami que tu regrettes beaucoup, mais que tu n'es pas en mesure de lui prêter l'argent qu'il te demande. D'ailleurs, papa n'a pas cette somme à sa disposition en ce moment. Il n'a pris en partant que ce qu'il lui fallait pour l'été et il ne peut pas déplacer ses titres, le banquier étant en voyage ces temps-ci. »

Jamais mes parents n'avaient aimé mes amis. Il est rare que les parents ne soient pas hostiles à ces affections d'élection. Ils les regardent comme des sentiments impies.

Cette lettre ne m'étonna pas. Aussitôt que je l'avais eue entre les mains, et que j'avais revu devant mes yeux l'écriture de ma mère, j'avais senti que ce ne pouvait être qu'un refus. Le brigadier de semaine me l'avait remise dans la chambre après la soupe. Il était un peu plus de dix heures et il n'y avait classes à cheval qu'à midi. Aubin était déjà parti retrouver Marion.

— Vite, dis-je à Gourin, mon pantalon numéro deux, ma veste et mon képi.

— Oh ! oh ! ce qu'il est pressé de charger en ville, mon fi Simon ! C'est-il que tu vas éteindre le feu, faire la chaîne et porter des seaux ? J'ai pourtant point entendu sonner les quatre appels. C'est-il que tu vas encore retrouver ta petite demoiselle ? Oh ! oh ! mais y en faut trop à c'te p'tit' grenouille-là. Dis-y de ma part que si elle te fait sortir de si bonne heure, sans me laisser manger tranquille, ça ne va plus marcher, elle et ton ordonnance. Tu vas en sanger. Car je suppose pas que pour une fumelle tu iras sanger ton ordonnance...

Le sous-officier n'était pas au corps de garde. Au risque de me faire punir, je sortis sans l'attendre. Je le trouvai dans la rue.

— Eh bien, Simon, on sort sans permission ?...

C'était heureusement le maréchal des logis Berthault, avec qui c'était franc. Je balbutiai, en riant un peu fort, que je savais qu'il était dans la rue. Il me répondit :

— Filez plus vite que ça ou je vous mets un motif arabe. Quinze jours de prison par le colonel, soixante jours par la brigade.

Je lui offris rapidement et avec bonne mesure le rire qu'il attendait, et je me dépêchai de partir.

Je courais dans la rue comme pour annoncer une bonne nouvelle, ou pour me débarrasser d'une mauvaise. Aubin était déjà près de Marion dans la salle à manger du restaurant où le couvert de la table d'hôte était mis pour le déjeuner. D'instinct, j'exagérai ma détresse en leur rapportant la réponse de mes parents, si bien que ce furent eux qui me consolèrent. Marion, sur la foi de Georges, déclarait qu'il n'y avait pas de danger immédiat. Elle avait rétabli ce qui manquait dans la caisse de son oncle. Maintenant on avait du temps pour se retourner. J'émis cette idée que j'allais pouvoir écrire à un de mes oncles actuellement à la campagne, et dont il fallait auparavant me procurer l'adresse exacte. Il ne me refuserait pas. Je l'espérais du moins. Car nous étions dans une heure d'optimisme que, par paresse, je n'osais troubler. J'étais brisé par les émotions du matin et j'avais besoin de me reposer dans de l'espérance.

CE FURENT EUX QUI ME CONSOLÈRENT.

Je les laissai ensemble et je rentrai tout de suite au quartier pour déjeuner à la cantine. Comme j'arrivais dans la cour, il me sembla qu'il s'était passé quelque chose d'insolite. Des groupes de sous-officiers et de cavaliers s'étaient formés un peu partout. Un élève-brigadier m'appela.

— Tu sais la nouvelle. Cette rosse de Jehon est en prison. Il a barboté onze cents francs dans le bureau du chef.

Le lieutenant Mortier, en l'absence de M. de Chonlieu et du capitaine en second, faisait fonction de capitaine commandant. Il était venu le matin au bureau, et avait dit au chef d'établir un compte. C'est alors que le chef avait ouvert son armoire et décacheté l'enveloppe.

Il s'était rappelé qu'au moment de mettre les billets sous ce pli, il avait demandé une grande enveloppe au maréchal des logis Jehon, qui en avait de pareilles dans sa chambre. D'autre part, on savait Jehon sans grandes ressources. Il avait commandé récemment un costume de fantaisie. Dans l'interrogatoire sommaire qu'on venait de lui faire subir, il expliqua qu'il avait un peu d'argent de côté et qu'il l'avait prêté à un ami qui devait le lui rendre prochainement. C'est dans cette espérance qu'il s'était laissé aller à faire des frais chez le tailleur. L'histoire de l'ami ne paraissait pas très probante. L'ami consulté ne démentirait pas Jehon, c'était sûr. On fit venir le tailleur qui n'avait pas été payé. Mais on pensa bien que Jehon s'était gardé de le payer tout de suite, de peur d'éveiller les soupçons. On parlait aussi d'une liaison qu'il avait dans une petite ville des environs.

Pendant que l'élève-brigadier me donnait tous ces détails, je ne pensais qu'à une chose : le vol était découvert, tout était perdu ! J'écoutais les dents serrées, je ne sais comment ma mémoire enregistrait ce qu'il me disait ; il me semblait que ses paroles traversaient ma tête, sans y rester. Et tout à coup, je ne l'écoutai plus. J'avais vu au bout de la cour Aubin qui rentrait et qui passait devant le corps de garde. Un engagé s'approcha, s'arrêta à dix pas de lui et je devinai qu'il lui disait la nouvelle. Aubin s'arrêta aussi et resta immobile. Je le voyais à peine, mais il me sembla que j'éprouvais ce qu'il devait éprouver. Son corps se raidissait, il entr'ouvrit faiblement la bouche sans respirer. Cependant l'autre s'approcha de lui, le rejoignit, continuant à lui parler et lui prit le bras pour venir de notre côté, je sentis dans mes jambes l'effort que fit Aubin pour marcher.

Nous nous retrouvâmes ensemble et seuls dans le bas de l'escalier qui conduisait aux chambres. Il me regarda fixement avec de grands yeux.

Puis il me dit :

— Qu'est-ce qu'il faut faire ?

Jamais je n'ai eu tant pitié de lui qu'à ce moment-là.

Il répéta :

— Qu'est-ce qu'il faut faire ?

C'était bien facile de lui dire : « Va te dénoncer. » C'était trop facile.

Il me dit :

— Je vais me dénoncer. C'est bien ce qu'il faut faire ?

Je fis : oui, de la tête.

Un engagé descendait, avec une selle sur ses épaules.

— Vous savez qu'on a crié en bas pour les classes à cheval ?

Nous montâmes l'escalier ensemble. Arrivé au premier, Aubin s'arrêta :

— Si je me dénonce maintenant, on va me mettre en prison tout de suite, et je ne la verrai plus. J'irai la voir à cinq heures, et j'irai chez le colonel après.

Cette idée me vint impérieusement à

l'esprit que, s'il revoyait Marion, il ne se dénoncerait peut-être pas. Mais je me dis à la réflexion :

— Ce n'est pas possible. Elle ne peut pas l'empêcher de faire ça.

Aux classes à cheval, ce jour-là, je me souviens que je trottai sans étriers plus aisément que de coutume, et que je sautai à terre et à cheval mieux que je ne l'avais fait jusque-là. Ce fut sans doute que j'exécutai ces mouvements sans y penser. Je vis que pour être un meilleur cavalier il m'aurait fallu monter à cheval d'une façon plus machinale, et sans raisonner mes moindres mouvements. Je dois dire que, lorsque l'officier commanda : Partez au galop ! en tapant sur sa botte, j'eus, autant que les autres jours, la peur instinctive de me casser la figure.

Il y avait ce jour-là avant l'appel de trois heures une revue de santé. Le médecin-major devait passer dans les chambres, pour voir si les prescriptions de l'hygiène y étaient respectées, et s'il n'y avait pas parmi les hommes des malades cachés, que la crainte d'être privés de sortie en ville empêchait de se présenter à la visite. En attendant l'heure de la revue, on avait livré la chambre aux hommes de chambre et aux artistes spéciaux qui arrosaient le plancher et y dessinaient des fleurs avec de l'eau. J'étais descendu au bas de l'escalier où s'était formé un groupe de mes camarades qui restaient là pour causer, car le capitaine adjudant-major ne voulait plus voir les hommes stationner dans la cour du quartier. Nous nous étions approchés de l'entrée, et nous regardions tous l'entrée du corps de garde. Il y avait là un civil, un petit homme à grosse tête, avec une moustache grise. C'était le père de Jehon.

— On lui a télégraphié ce matin, dit un des élèves-brigadiers. Il est secrétaire de la mairie à Chaunay. Il paraît qu'il est veuf. Il n'a pas d'autre enfant que Jehon. Il attendait avec impatience qu'il soit libre. A ce qu'il paraît, Jehon devait entrer comme intendant dans une exploitation agricole. Maintenant, c'est cuit. Il fera bien de chercher autre chose.

— Il va avoir quelques années pour y réfléchir, dit un autre en ricanant.

— C'est triste tout de même, reprit le premier. Je ne comprends pas qu'un garçon comme ça ait fait un coup pareil et compromis son avenir.

— C'est l'entraînement. Il y a probablement une femme là-dessous. Et puis il ne s'imaginait pas être chopé.

— Le colo n'a rien voulu savoir pour étouffer l'affaire, dit un troisième. Il prétend que ça discréditerait les sous-officiers. Il faut que celui-là soit cassé et condamné.

— Ils sont encore en train de l'interroger dans la salle du rapport. Voilà qu'on vient chercher le vieux papa.

— J'aime autant ne pas être là.

A ce moment, le brigadier de semaine demanda des hommes de corvée dans l'escalier. Il n'en fallut pas davantage pour disperser notre petit groupe. Les uns allèrent s'embusquer dans les écuries ; d'autres gagnèrent la cantine, avec des détours et des précautions pour éviter d'être aperçus en découvert dans la cour. Ils filaient rapidement le long des murs. On eût dit qu'il pleuvait.

J'avais un motif avouable pour m'en aller franchement à l'autre bout du quartier, une réparation urgente à faire exécuter chez le maître tailleur. Je le trouvai très en colère, parce qu'on lui prenait ses hommes pendant une heure, pour la revue de santé. L'atelier était clair et sentait une forte odeur de fil ciré. Des gaillards de mauvaise mine, accroupis à l'orientale, faisaient de la couture, dirigeaient à travers le drap rouge de féroces grands ciseaux.

Je revenais à la chambre en passant devant la salle du rapport... Tout à coup la porte s'ouvrit et je vis Jehon qui sortait, accompagné d'un sous-officier. Il était très rouge et remuait nerveusement la tête à droite et à gauche, les yeux effarés. Il passa devant deux ou trois sous-officiers en évitant de les regarder. Il était las sans doute et avait honte de chercher autour de lui des yeux amis qui se détournaient. Son regard passa sur moi rapidement et il me sembla que son visage devenait plus dur. Je courus alors chercher Aubin et je lui dis :

— Demande la permission de pansage et va trouver Marion sitôt après la revue... Dépêche-toi, Georges... J'ai vu Jehon... Il ne faut pas le laisser si longtemps comme ça.

Aubin me répondit : Oui... Oui... Mais il me sembla qu'il avait peur de cette entrevue avec Marion et de ce qui allait se passer.

Il me dit :

— Tu viendras nous retrouver.

C'était bien naturel qu'il me dît de venir. Mais je pensai malgré moi qu'il craignait de trouver de la résistance chez Marion, et qu'il avait besoin de mon aide.

JEHON SORTAIT ACCOMPAGNÉ D'UN SOUS-OFFICIER.

Je me répétai que ce n'était pas possible, et qu'elle ne pouvait pas l'empêcher de faire ça.

Je ne savais pas ce que c'est qu'une femme qui aime et à qui on vient parler de se séparer volontairement de son amant.

Je devais retrouver Aubin dans la chambre qu'il avait louée en ville pour y recevoir Marion. Ils y étaient tous les deux quand j'y arrivai.

Marion me tendit la main. Mais elle m'accueillait avec un autre visage. C'est toujours pour moi une impression abominable que de sentir ainsi un changement dans l'accueil d'un ami.

Elle me dit d'abord qu'elle était bouleversée de ce qui arrivait... que c'était une chose effrayante... Mais elle disait tout cela avec une tristesse trop résignée, comme on parle d'un sinistre lointain.

Nous étions assis tous les trois, eux d'un côté, moi de l'autre, autour d'une table ronde. Marion, avec le bout d'un porte-plume, suivait les dessins de la nappe en toile cirée.

Tout à coup, elle me regarda et me dit :

— C'est vrai ce que vous avez conseillé à Georges ?

Je répondis après une hésitation.

— Je n'ai pas eu à le lui conseiller. Il m'a dit ce qu'il voulait faire. Et il m'a demandé si je l'approuvais... je lui ai dit ce que je pensais.

Comme le visage de Marion était dur et étranger !

— Et vous vous prétendez son ami ? Vous voulez que ce garçon brise sa vie ?

Je regardai Aubin, qui se décida à dire à demi-voix :

— La vie de l'autre sera brisée.

— C'est un malheur, dit Marion. Et d'ailleurs on n'en sait rien. Il va sans doute se disculper. S'il doit se disculper, tu te seras sacrifié inutilement... Vous vous dites son ami, poursuivit-elle, et vous lui avez conseillé cela ! Vous vous dites mon ami à moi et vous voulez qu'il me quitte ! Mais c'est comme si vous me demandiez ma vie... Hé bien, entendez-vous, moi je le garde ! Il n'y a que moi qui l'aime au monde ! Je ne veux pas qu'il me quitte.

Si je me sentais navré, ce n'était pas de la décision d'Aubin. S'il s'était dénoncé, j'aurais été très malheureux, j'aurais regretté de l'y avoir engagé. Déjà cette idée venait en moi que j'étais un peu responsable de son crime, puisque j'avais eu l'imprudence de lui promettre de l'argent que je ne lui avais pas donné. J'aimais donc mieux pour lui qu'il ne se dénonçât pas, du moment qu'il acceptait et supportait de vivre ainsi. Mais j'étais navré parce que j'avais senti que Marion m'était hostile, et j'avais senti dans son regard et dans ses paroles, non seulement qu'elle n'avait pas d'amitié pour moi, mais qu'elle n'avait jamais eu les sentiments que j'avais cru. Ce n'était pas seulement une amie qui me quittait. Elle s'en allait même de mon passé.

Comme je me levais, Aubin me dit :

— A tout à l'heure, à dîner.

— Je ne peux pas dîner à l'Étoile. Il faut que je rentre au quartier.

Nous nous tendîmes la main, lui et moi, elle et moi. Et nous nous la serrâmes un peu, pour que ça n'eût pas l'air d'une rupture et pour éviter toute explication.

Je les quittai. Il me sembla que j'étais abandonné de tout le monde. Je n'étais pas l'ami d'Aubin. Lui ne pensait qu'à elle, et se détachait déjà de moi. Mes parents m'aimaient, mais de quelle affection étroite et triste ! Je n'avais plus dans la vie aucun sentiment heureux !

Tout en allant je ne savais où, j'arrivai devant l'hôtel de la Cloche. Le maréchal des logis de Champlitte, le fourrier Lorget, le brigadier-fourrier de Mélan se tenaient sur le porche, en attendant l'heure du dîner. Je vis, en levant la tête, qu'ils me regardaient venir en souriant. J'amusais beaucoup les sous-officiers.

— Voilà le dragon Simon qui fait sa ronde, dit joyeusement le brigadier-fourrier. Est-ce qu'il dîne à la Cloche, le dragon Simon ?

— Non... je ne crois pas...

Ils se mirent à rire :

— Venez dîner avec nous. Ça vous réveillera.

Je me laissai entraîner. Leur cordialité me réchauffait un peu. Mais j'en trouverais dans la vie, de ces cordialités-là, où notre prochain atteste sa bonne humeur, et qui crée entre nous des liens factices, qu'un événement grave a vite fait de briser. Je les avais vus la veille rire en bons camarades avec le sous-officier Jehon. Et ils ne cessèrent de parler de lui avec de la haine. Ils lui en voulaient par esprit de corps, parce qu'il était un sous-officier comme eux, et que son crime pouvait atteindre le bon renom des sous-officiers ; aussi le repoussaient-ils violemment.

— Il paraît qu'il était rosse avec vous, me dit le maréchal des logis de Champlitte, et que vous étiez sa bête noire. Il s'acharnait après vous ?

J'essayai de protester, de dire que Jehon avait été parfois un peu sévère, mais jamais injuste.

— Vous êtes un bon garçon, dit le fourrier. Vous ne voulez pas l'accabler. Mais c'est de la générosité mal placée, croyez-moi.

— Il nie toujours à ce qu'il paraît ? dit le brigadier-fourrier.

— Il finira bien par avouer, dit Lorget... Moi je sais ce qu'il trouvera à dire. Il prétendra qu'il avait pris cet argent pour quelque temps, et qu'il était sûr de pouvoir le rendre.

Je me dis alors qu'Aubin, lui aussi, avait cru qu'il rendrait l'argent, et que c'était de ma faute, puisque je le lui avais promis.

Dès lors, cette idée me revint constamment à l'esprit. Je pensai d'abord que c'était un scrupule absurde, et que ce n'était pas moi, en somme, qui avais dit à Aubin de prendre l'argent. J'avais eu tort de lui faire une promesse imprudente, mais je n'étais pas coupable de son crime. Il me sembla que j'avais victorieusement répondu à cette idée obsédante... Elle disparut, puis elle revint inopinément et l'argument qui m'avait servi pour la repousser n'avait plus la même force. C'était un peu de ma faute si Aubin avait volé ; c'était donc de ma faute si un innocent était condamné à sa place.

Un innocent allait être condamné. Ce n'était pas de la pitié que j'avais maintenant pour Jehon, c'était une impossibilité de supporter cette erreur monstrueuse. Toute la vie de cet homme allait être bouleversée. Il serait condamné. Il n'aurait pas l'emploi qu'il attendait. Il serait repoussé et injustement méprisé...

Ma tranquillité serait perdue, tant que cet homme, que je savais innocent, serait considéré comme coupable. Il y avait dans ce douloureux malaise une impatience physique, le besoin de rectifier cette erreur abominable, un besoin impérieux semblable à cette force tyrannique qui vous pousse à remettre en bonne position un meuble et un tableau mal placé.

Alors je pris une résolution, ou plutôt il me vint une résolution qui s'imposa à moi, plus que je ne l'adoptai... Ce fut comme un coup de tête. Puisqu'il m'était impossible de dénoncer le vrai coupable, puisque je ne pouvais supporter de laisser condamner un innocent, il fallait dénoncer quelqu'un d'autre à sa place, quelqu'un dont la vie m'appartenait.

Je demandai au fourrier Lorget l'adresse du colonel.

— Vous savez bien, me dit-il, c'est dans la rue Centrale, au bout de la Grande-Rue. C'est au-dessus de chez le pharmacien, à deux maisons plus loin que la grande épicerie.

— Comme c'est moi qui rends l'appel à l'escadron, me dit le maréchal des logis de Champlitte, vous pourrez ne rentrer qu'à dix heures, si ça vous fait plaisir.

— Je vous remercie, maréchal des logis.

J'avais hâte de les quitter. Au dehors l'air était mouillé. La Grand'Rue semblait sombre, sauf à certains endroits où elle était fortement éclairée par les grosses lampes électriques d'un marchand de pendules ou d'une cordonnerie moderne. A ces endroits, une pluie légère s'agitait doucement, comme une gaze, dans la lumière éclatante. Je marchais très vite, pour m'empêcher de réfléchir, pour échapper à tous les arguments qui étaient à mes trousses. Un moment, je songeai au visage de mon père et à celui de ma mère... Une fois que je me serais dénoncé au colonel, je pourrais peut-être leur dire la vérité, à eux seuls ? Mais ce serait impossible. Ils parleraient et dénonceraient Aubin. A eux non plus, je ne pourrais rien dire. Pour eux aussi, je serais un voleur...

Je m'arrêtai, les jambes toutes lasses. Au lieu de continuer tout droit mon chemin, je tournai dans n'importe quelle rue, où je fis quelques pas défaillants.

— Je ne peux pas me dénoncer, à cause de mes parents...

Mais l'idée obsédante reprit le dessus. Cette crainte d'affliger mes parents, ne recouvrait-elle pas une lâcheté ? Si c'était un devoir de ne pas laisser condamner Jehon, rien au monde ne me permettait d'échapper à ce devoir.

Je ne sais pas si des passants ont remarqué ce dragon, en casque et sabre, le visage en détresse, et qui geignait, gémissait, arrêté au bord du trottoir.

J'étais excédé par cette lutte intérieure, effrayé du temps qu'elle pourrait durer. Alors je me suis dépêché d'agir, parce que c'était plus vite fait. Ne pas agir ça n'en finirait pas. Je repris mon chemin dans la Grand'Rue. Je courais. J'avais hâte de dire une parole irréparable.

J'arrivai dans la rue Centrale. J'aperçus la grande épicerie, la pharmacie. Le pharmacien riait avec une bonne devant sa boutique. J'entrai dans l'allée, mais je ne trouvai pas de concierge. Je revins sur le pas de la porte. Le pharmacien me dit que le colonel habitait au premier.

C'était une très ancienne maison. Le temps patient avait écrasé et pétri les marches de pierre, aussi affaissées maintenant que de vieux coussins de velours. Un grand cordon de sonnette pendait à la porte du premier. Quand on tirait dessus, quelque chose se décrochait dans le haut. On n'entendait rien... On ne savait pas si ça avait sonné... Fallait-il tirer encore une fois ? Des pas s'approchèrent et l'ordonnance ouvrit la porte.

— Qu'est-ce que tu veux ?

— Voir le colonel.

— Qu'est-ce que tu y veux ?

— Je veux lui parler.

— Hé bien, mon garçon ! Tu t'épates guère. Tu déranges comme ça le colo ? J'vas toujours y dire que t'es là.

Il me laissa seul. A ce moment, j'eus comme une défaillance et la crainte de ne pouvoir parler.

Le colonel apparut en veston. Je ne

l'avais jamais vu comme ça. Il portait un pince-nez : c'était un petit vieux sévère.

— Qu'est-ce que c'est ?

— Mon colonel, je suis le volontaire Simon, du troisième.

— Et puis ?

— Je viens vous parler au sujet du maréchal des logis Jehon... et vous dire que ce n'est pas lui qui a pris l'argent.

— Ce n'est pas lui .

Mes dents se serraient. Mon cœur me faisait mal à battre ainsi. A chaque coup, il ébranlait toute ma poitrine.

Il répéta : « Comment ce n'est pas lui ? »

Je dis d'une voix brisée : « C'est moi... »

Oh ! comme c'est dur de mentir ! Ce n'est vraiment pas commode... J'y suis tout de même arrivé, parce qu'une fois-là je ne pouvais plus faire autrement. Mais il me sembla tout à coup que c'était un crime, et que je faisais une œuvre impie en accréditant dans l'esprit de ces gens une erreur irrévocable. Seulement, je n'avais pas le choix, et j'aimais mieux cette erreur que l'autre, puisque la vérité était impossible à dire.

Cependant le colonel ne trouvait rien à me répondre sur le moment. Il hocha enfin la tête :

— Hé bien, voilà une affaire ! C'est vrai que vous avez pris l'argent ?... C'est du beau ! C'est du beau ! Enfin...

J'attendais qu'il me dît que c'était bien de m'être dénoncé. Mais il s'arrêta, peut-être sur le point de prononcer une phrase de ce genre, qu'il se contenta de se dire à lui-même, avec des gestes de tête qui me semblèrent l'accompagner.

— Il va falloir que je vous fasse conduire au quartier... Landéry, dit-il à son ordonnance, mettez-vous en tenue tout de suite...

— En tenue, mon colonel ?... Mais mon casque est au quartier ?

— Hé bien, allez-y comme ça. Mettez seulement votre casquette et ôtez votre tablier... Vous l'accompagnerez au corps de garde, et vous direz au maréchal des logis que je vais venir... Je vais y aller en civil.

Dans son trouble, il me demanda s'il pleuvait. Il se reprit, se tourna vivement vers son ordonnance, et lui demanda :

— Est-ce qu'il pleut ?...

J'arrivai au quartier très peu de temps avant le colonel. Il dit au maréchal des logis étonné :

— Ouvrez-moi une cellule pour cet homme-là. Mais avant ça, vous allez me conduire à la cellule de Jehon.

Nous arrivâmes à la cellule. Un homme de garde nous suivait avec une lanterne. Le sous-officier ouvrit la porte. La figure de Jehon sortit de l'ombre, les yeux ardents, les lèvres tremblantes.

— Jehon, lui dit le colonel, cet homme s'est dénoncé... Vous allez être mis en liberté.

La bouche de Jehon trembla plus fort et tout à coup il éclata en sanglots. Il me regardait à peine et ne songeait pas à me remercier de m'être dénoncé. Mais je n'avais pas besoin de sa reconnaissance. Ces bons sanglots me suffisaient. Ce Jehon, à ce moment-là, je l'ai eu...

Il entra peut-être dans ma résolution le désir d'accomplir une action extraordinaire et héroïque. Mais ce ne fut pas cela qui me détermina. La beauté du geste ne fit que décider ma volonté à accompagner cet acte fatal, au lieu de lui opposer son faible obstacle.

Je pensai aussi, dans la nuit qui suivit, aux compagnies de discipline. Mais c'était encore loin. D'ailleurs ça n'alla pas jusque-là. De lui-même le colonel, dès le lendemain de mon aveu, écrivit un mot à un député ami de mon père et qui m'avait recommandé. Papa, prévenu, arriva en toute hâte avec ma mère, et je vis leur peine... Je me bornai à dire à mon père que les huit cents francs que j'avais demandés soi-disant pour un ami étaient en réalité pour moi, pour une dette urgente et sur laquelle il ne fallait pas m'interroger.

— J'étais sûr, papa, que tu m'enverrais cet argent, et que je pourrais le remettre deux jours après dans le bureau du chef.

Mon père remboursa la somme. L'affaire était moins grave que s'il s'était agi d'un sous-officier. Elle n'alla pas devant le conseil de guerre. On m'envoya dans un autre régiment.

Je fus content d'être déplacé. Personne dans l'endroit où j'allais, n'était au courant de ce qui s'était passé. Je ne serais pas obligé de mentir. Je ne serais pas tenté de confier la vérité à des gens qu'elle pourrait intéresser. Et puis, là-bas, je ne reverrais plus Aubin ni Marion.

Je ne les ai jamais revus. J'ai pensé longtemps qu'ils ne m'écrivaient pas pour ne pas se compromettre, mais qu'ils admiraient ma conduite. Je me suis dit plus tard qu'en l'admirant, ils se fussent donné de graves torts, et que bien peu de gens consentent à admirer leur prochain à ce prix.

— Tu sais, Godeau, si on doit se trotter jusque l'avenue de Saint-Ouen prendre la Ceinture, on n'a qu'à se mouver un peu. Il n'est pas loin de minuit.

— Attendons Edmond.

— Me diras-tu enfin qui c'est que c'est, que ton Edmond ? Tu crois qu'on n'aurait pas pu faire sans lui ?

— Laisse donc, Bouquet, que je te dis. Quand tu le connaîtras un peu, tu ne diras plus ça. C'est un garçon des plus instruits, et d'une intelligence extraordinaire.

— Il n'a l'habitude de rien.

— Ça lui viendra. Y a que ça qui lui manque. Avec ses capacités naturelles, s'il aurait encore l'habitude, tu parles qu'il viendrait nous chercher. Quand nous aurons ce garçon-là avec nous, et qu'il aura bien le courant, tu ne peux pas te figurer, Bouquet, les combinaisons qu'il va te trouver. C'est quelque chose, tu sais, que d'être instruit. Et tout malin que t'es, tu verras qu'il nous sera utile.

— Ne t'a-t-il pas conté des boniments, qu'il était instruit, et ceci et ça, pour se faire emmener avec nous ?

— Lui ? Il ne m'aurait parlé de rien. C'est moi qui y a fait la proposition. Bien sûr que c'était un garçon qui n'y songeait pas. Et jamais il n'aurait accepté de venir, s'il n'était pas sur le point de crever la faim.

— Enfin, quoi ? Il est minuit moins dix. Edmond ou pas Edmond, faut s'en aller, mon gas.

— Mais quoi donc qu'il fait, ce fourneau ? Tiens ! le v'là qui s'amène. Hé bien ! quoi, Edmond ?

— Paie les consommations, Godeau. Je vais en avant prendre les billets.

— Dis donc, Godeau ?

— Qu'est-ce qu'il y a, Edmond ?

— Je ne veux pas dire ça devant ton ami. Mais il vaudrait mieux que je n'aille pas avec vous.

— Veux-tu te taire ?... Et tu fais bien de ne pas parler de ça devant Bouquet.

Il n'est déjà pas trop confiant en toi... C'est-il donc que t'as peur ?

— Pas précisément.

— Je ne veux pas que t'aies peur, entends-tu ? Et je veux que tu te mettes avec nous, même si t'aurais peur les deux ou trois premières fois.

— C'est que je vais vous gêner. Je n'ai pas le cœur solide. J'ai souvent des syncopes... oui, des syncopes... je m'évanouis enfin...

EDMOND OU PAS EDMOND...

— Eh bien ! cette fois-ci, tu verras à ne pas t'évanouir. Qu'est-ce que c'est, maintenant, que ces manières-là ? Tais-toi, Edmond. Voilà le Bouquet qui revient. Tâche un peu à bien te tenir devant lui... Eh bien ! mon Bouquet, t'as les billets ?

— Oui. Le train est à minuit vingt-cinq. Sortons sur le quai, mes petits gas. Nous serons rendus à Passy à une heure. Ça sera juste. A c't'heure ici, le concierge ne sera plus dans son premier sommeil. On ne poireautera pas trop à la porte... T'as bien pris le lingue que je t'ai dit, Godeau, la petite lame courte, celle-là que t'avais à l'avenue Bugeaud ?

— Oui. Je l'ai dessus moi.

— Edmond n'en a pas ?

— Il n'en a pas besoin. La première fois, c'est rare s'il saurait s'en servir.

— Où qu'il est encore passé, ton Edmond ?

— Il s'est assis là-bas, sus la banquette.

— Quelle idée que t'as eue, mon fils Godeau, de nous amener ce gas-là ! Enfin, y a plus à y revenir. Maintenant qu'il sait où c'est qu'on va, faut qu'il n'ait plus l'idée de causer, et, pour ça, c'est nécessaire qu'il soye du coup avec nous.

— Moi je dis aussi qu'il faut qu'il vienne, mais pas pour la raison que tu dis. Ce Edmond-là, c'est pas un garçon à causer jamais.

— Tu n'en sais rien, Godeau. Il faut se fier à personne, entends-tu ? Retiens çà, mon fils, si tu veux pas qu'il t'arrive malheur.

— Ça n'est pas le train qui vient là ?

— Lis un peu la pancarte sur la machine : *Circulaire...* C'est notre blot. Allons, Godeau, appelle ton Edmond.

— Edmond ? V'là not' train !

— Il est dur à bouger. Arrive un peu ici, Edmond... Ah ! nom de d'là ! mon Godeau, un beau bagage que tu nous as chargé là... On monte ici, y a que deux personnes... Monsieur Edmond fera bien de ne pas voyager en arrière, question de ne pas attraper le mal de cœur.

— Il fait bon d'être assis. Dis donc, Bouquet ?

— Tu dis, Godeau ? Parle plus fort, j'entends pas.

— Je peux pas crier ça. Te rappelles-tu qu'on a pris comme ça la Ceinture, quand qu'on est sorti pour la première fois ensemble, et qu'on a été faire un tout vieux et une vieille, là-bas, vers le Point-du-Jour ?

— C'était y a combien de temps ?

— Y a tantôt quatre ans.

— Oh ! faut pas me demander ce qui s'a passé y a quatre ans.

— Il fait rien chaud, Bouquet. Il fait moins bon que chez le père Panet, sous la tonnelle. Pourquoi que t'es pas venu dîner là, l'aut' soir ?

— C'est à ça que tu penses, mon petit poteau ? Moi, je pense à ce que je vas faire. Faut y penser d'avance. Sans ça, on oublie toujours des choses.

— Moi, j'y pense que quand j'y suis.

— Toi c'est toi, et moi c'est moi. Si t'étais pas avec un frère comme moi, y a plus longtemps que ça que tu t'aurais fait chauffer.

— Dis donc, Bouquet, regarde Edmond, la gueule qu'il fait, et s'il pense à quéque chose.

— Il m'embête, Edmond. On arrive... Eh bien ! Edmond ! on est arrivé. Il n'est pas pressé, Edmond. Par ici la sortie, Godeau. Passez devant, je donne les billets... Trois personnes... Ah ! il fait bon frais... Voyons que je ne me trompe pas : c'est à gauche en laissant la gare. Tiens, Godeau, v'là Edmond qui veut te causer.

— Je veux te causer aussi à toi, Bouquet. Voici ce que je voudrais vous dire à tous les deux, c'est qu'il vaut mieux que je n'aille pas avec vous. Je n'ai pas l'habitude. Je ne vous serai d'aucun secours.

— Non, Edmond, tu viendras. Bouquet veut que tu viennes.

— Certainement qu'il faut qu'il vienne maintenant, puisqu'il sait où c'est qu'on va. Je ne veux pas dire, Edmond, que je me méfie à toi, mais je me fie à personne. Il faut que tu sois du coup, à c't'heure. Comme ça, on est plus sûr que tu ne causeras pas. Je suis bien certain que tu nous aideras pas beaucoup ; j'y ai jamais compté. C'est Godeau qu'a voulu t'emmener... Seulement, puisque t'es là, tu vas rester avec nous. Et fais-moi le plaisir de marcher devant... Ah ! cré nom de Dieu, Godeau ! nous voilà bien harnaqués. Une autre fois que t'auras des invités, tu pourras les laisser chez toi.

— C'est encore loin, Bouquet ?

— La deuxième à droite. Y a pas grand monde dans c'te rue-ci. Autant dire qu'y a personne... Bon, voilà Edmond qui butte. Tâche un peu à marcher droit, Edmond... Très bien, mon garçon. Tu vois que tu marches raide quand tu veux... Attention. Par file à droite. C'est maintenant la six... sept... huitième maison. C'est moi qui va sonner. Le concierge ouvrira. Je dirai un nom, en passant dans l'allée ; vous me suivrez dans l'escalier, les gas, avec des pantoufles de demoiselle. Y aura que deux étages à monter. Là-haut, je suis comme chez moi ; j'ai la clef de la bonne vieille que la femme de ménage m'a passée.

— Et qu'est-ce qu'il fera, Edmond ?

— Il restera dans l'antichambre à nous attendre ; c'est dans ses prix. Attention... On y est... Je sonne... Il n'ouvrira pas, le cochon ?

— Mais si. La porte est ouverte.

— C'est vrai, nom de d'là... Doucement, mes petits, je crie un nom... Morel !... Tenez-moi, nous voilà dans l'escalier... Morel est le nom d'un appelé comme ça, locataire au sixième, qui rentre presque jamais coucher... Dix-sept... Dix-huit... Il y a vingt-deux marches... Premier palier... Tu tiens Edmond, Godeau ?

— Je le tiens.

— Il monte bien tout seul ?

— Dix-sept... Dix-huit... Vingt et une... On y est. Il n'y a qu'une porte... Quitte Edmond dans l'antichambre... Entre par ici, Godeau. Touche-moi sans me tenir...

— Oh ! mon Dieu ! mon Dieu ! Qui est là ?

— Amis, madame... J'y tiens le cou... Elle est sûre de ne plus crier. Pèse-lui seulement sur les jambes, Godeau, et laisse ton lingue. Je préfère la serrer, ce sera plus propre... N'y a plus qu'à patienter deux minutes. Mon gars, compte doucement jusqu'à cent vingt.

— Je compte... Une... deux... C'est comme ça ?

— Une idée plus vite... Que c'est long une minute !... Dis donc, Edmond fera pas de blagues, au moins ?

— Non, je l'ai assis sur un canapé que j'ai senti là.

— Bon... Compte... C'est de la veine dans la nuit, d'y avoir attrapé le cou du premier coup... Je m'étais bien fait indiquer où c'est qu'était le lit. T'as des allumettes, mon Godeau?

— Oui, j'en ai... Mais tu me parles, et tu me fais perdre mon compte.

— Où que t'en étais ?

— Quatre-vingt-douze.

— Les jambes sont raides ?

— Oui, mais a ne résistent plus guère,

— Ça y est. Bonsoir à madame. Mais, attention, je vais la tenir encore quelque temps. Frotte une allumette, Godeau... Là... Tu vois le bonheur du jour ?... Tu vois un porte-montre sur la cheminée ? La clef du meuble est dedans.

— La voilà.

— Elle est épatante, cette femme de ménage! Je vais ouvrir. Voilà des papiers, des obligations anglaises. Des billets ! On comptera ça chez nous... Des louis... Prends, Godeau... Deux pièces cent sous..

— Ça sera pour Edmond... Eh bien ! Edmond ? C'est fini, mon vieux ! Tiens, Bouquet, regarde Edmond. Il ne bouge plus.

— Comment ? Il ne bouge plus ?

— Il est évanoui... On va pas pouvoir l'emporter.

— Penses-tu ? On ne peut pas pourtant le quitter là... Godeau, regarde ses poches. S'il a des papiers, tu vas les prendre. Dépêche, mon poteau... Maintenant, il va falloir l'empêcher d'être bavard.

— Qui qu'tu fais, Bouquet ?

— J'y mets un foulard au cou.

— Ah ! Bouquet, ne fais pas ça !

— Je vas me gêner. Et ne dis rien, toi ! T'avais qu'à pas m'amener un client pareil... Pour plus de sûreté, j'vas y placer un p'tit coup de lingue, en faisant atten-

JE VAIS LA TENIR ENCORE QUELQUE TEMPS...

tion à ne pas me tacher... Allons ! sors doucement... Et que je referme la porte... Tu trouves la rampe ? Bon, nous voici au premier... Ce qu'il fait noir... Avance donc, poteau !... Cordon, s'il vous plaît ?.. C'est qu'il s'est bien rendormi, le cochon !... Cordon !... Je m'embête un peu dans cette allée...

— T'entends pas crier, en haut ?.

— Mais non, fourneau... Cordon !... Tiens, ça s'est ouvert !... Oh ! qu'il fait bon dehors !...

— Je suis trempé.

— T'avais entendu crier, Godeau ?

— C'était une idée.

— J'étais tranquille. Tu as taffé, mon Godeau ! Comment ça se fait-il, toi qui n'es pas taffeur ?

— Je m'ennuie, Bouquet ; c'est moi qui y avais dit de venir, à ce Edmond...

— Un beau coup que t'avais fait là.

— C'est égal, ce qu'ils vont dire, le en trouvant là, demain ! Personne n'y comprendra rien.

— Demain, Godeau, je me lève à midi. Je me paie un chapeau de paille fine, et tous les soirs, pendant une semaine, une petite femme à la hauteur !

— Eh ! bien, ma femme, est-ce qu'on dîne bientôt ?

— Il est bon ! Il arrive à huit heures et c'est lui qui s'impatiente ! Clémentine est prête depuis vingt minutes. Son filet va être trop cuit.

— Il y avait tellement de monde sur les boulevards ! Les dimanches de la belle saison !

— As-tu passé chez les enfants ?

— Oui, oui. J'ai vu Juliette et le petit. Il m'a dit : « Tu embrasseras grand' mère pour moi. » Allons ! mettons-nous à table !

— Mais, tu sais qu'il y a quelqu'un au salon, un militaire.

— Un militaire ?

— Oui, un simple soldat.

— Ah ! est-ce que ce ne serait pas le fils Thierry ? Oui, ça doit être lui. C'est le fils du jardinier de Saint-Amand. Il fait son service à la caserne de la Pépinière.

— Et tu l'invites à dîner sans me prévenir ! Il y a largement de quoi... Mais tu aurais dû me le dire.

— Je ne savais pas qu'il viendrait précisément aujourd'hui. Je l'avais rencontré hier, sur le boulevard, et je lui avais dit de venir un de ces dimanches.

— Il n'a pas été long à profiter de l'invitation.

— Je suis sûr que c'est par politesse. Il a voulu par son empressement nous montrer qu'il y tenait. Les gens de la campagne sont comme ça, tu sais... Allons au salon... Il me fait l'effet d'un brave garçon, un peu timide... Bonjour, Thierry.

— Bonjour, monsieur !

— Madeleine, c'est le fils Thierry, de Saint-Amand... Allons ! à table ! à table !

Un vieux ménage comme nous, Thierry, ça a des habitudes régulières. Et vous devez avoir faim aussi, mon garçon. Nous sommes en retard sur l'heure de la soupe... Tenez, mettez-vous là. Donne-lui une bonne assiettée, Madeleine... Moi, je ne pourrais pas dîner sans potage. C'est vrai ! Il me manquerait quelque chose. Je vous dirai que le potage, chez nous, est toujours très bon. Nous avons une cuisinière qui est ici depuis trente ans.

— Oui. C'est elle qui sert à table aujourd'hui parce que c'est le dimanche de sortie de la femme de chambre.

— Encore une assiettée de potage, Thierry ?

— Je veux bien, monsieur.

— Vous n'en avez pas comme ça à la caserne. On dit pourtant que la soupe n'est pas mauvaise, qu'il y a dedans parfois de bons os à moelle... Vous étouffez dans votre capote. Vous êtes cramoisi. Vous pouvez la retirer, vous savez ?

— Je vous remercie, monsieur. Elle ne me gêne pas, monsieur.

— C'est cette cravate bleue qui me serrerait. Quand je pense qu'ils font des trente à quarante kilomètres ainsi équipés, et le sac sur le dos ! On dira ce qu'on voudra ; mais pour la question des marches, le cavalier est moins malheureux. Pas vrai ?

— Ah ! ça c'est certain, monsieur.

— Seulement, il y a une chose que j'ai toujours pensée. C'est qu'arrivé à l'étape, le cavalier est obligé de s'occuper de son cheval. Tandis que le fantassin se trouve être libre comme l'air. Et c'est vraiment agréable, n'est-ce pas ?

— Oh ! oui, monsieur, c'est bien agréable.

— Vous m'objecterez que le cavalier, qui n'a pas fait la route à pied, et qui n'a pas de sac, est par le fait moins fatigué en arrivant que le fantassin.

— Ah ! ça, monsieur, c'est certain.

— Reprenez donc une bonne tranche de rôti. Vous avez combien de service, maintenant ?

— Quatorze mois cinq jours, monsieur.

— Ah ! ah ! Et quand est-ce qu'on passe caporal ?

— Peut-être au départ de la classe, monsieur.

— Vous serez content d'avoir les galons ?

— Oui, monsieur, je serai content.

— Vous serez plus tranquille d'un sens. Mais d'un autre côté vous aurez plus de responsabilité.

— Ah ! c'est bien certain, monsieur.

— Reprenez encore du filet, allez !

— Je veux bien, monsieur.

— A quelle heure est-ce que sonne le réveil ?

— Six heures et demie, l'hiver. L'été, ça sonne avant, monsieur.

— Six heures ?

— Cinq heures et demie, monsieur.

— Ah ! voyez-vous !... Il y a tant que ça de différence de l'hiver à l'été ? Ça doit dépendre des régiments ?

— Probable, monsieur.

— Ça dépend des régiments. Est-ce qu'on punit beaucoup dans votre régiment ?

— Comme ci, comme ça, monsieur.

— Vous avez déjà eu des punitions ?

— Huit jours de consigne marqués au livret, monsieur.

— Ah ! ah !... Et, pour quel motif ?

— Inattention à la boxe, monsieur.

— Gustave, tu ne laisses pas ce garçon manger. Encore des petits pois, monsieur Thierry ?

— Je veux bien, madame.

— Dites donc, Thierry ? Vous irez aux manœuvres, cet été ?

— Je pense, monsieur.

— De quel côté allez-vous ?

— On ne l'a point dit encore, monsieur.

— Voyons... Qu'est-ce que je voulais encore vous demander ? Votre capote, vous la boutonnez d'un côté pendant la première quinzaine du mois, et de l'autre côté pendant la dernière ?

— C'est bien ça, monsieur.

— Reprenez un peu de jambon, monsieur Thierry ?

— Je veux bien, madame.

— Vous prendrez du café ?

— Si vous en prenez, madame.

— Nous n'en prenons pas le soir. Mais je suis bien sûre que la cuisinière en fait pour elle. Alors, vous en prenez ?

— C'est comme vous voudrez, madame.

— Dites donc, Thierry ? Vous êtes au service depuis quatorze mois ; vous avez donc fait les manœuvres une fois. Eh bien ! vous avez certainement votre petite impression de troupier dans le rang. Entre nous — ça ne sortira pas d'ici — si la guerre, une supposition, venait à éclater, pensez-vous que nous serions prêts ?

— Je pense que oui, monsieur.

— Eh bien ! c'est mon avis aussi. Je ne suis pas fâché d'avoir votre impression là-dessus. Tu entends, Madeleine ?

REPRENEZ ENCORE...

— Encore un peu de fromage, monsieur Thierry ?

— Je veux bien, madame.

— On sonne, Madeleine.

— C'est Maurice.

— C'est mon beau-frère. Tous les dimanches il passe nous prendre pour aller faire la petite partie, chez une cousine à nous... Maurice, je te présente le fils Thierry, de Saint-Amand !

— Ah ! ah ! Un militaire ! Vous êtes caserné à Paris ?

— Oui, monsieur.

— Ah ! ah !... Et, depuis quand au service ?

— Quatorze mois cinq jours, monsieur.

— Des punitions ?

— Huit jours de consigne au livret, monsieur.

— Oui. Il a été puni pour distraction à la boxe. Un motif pas très grave. C'est un garçon bien tranquille. Vous fumez, Thierry ?

— Quelquefois, monsieur.

— Vous fumerez bien un cigare ?

— Si vous voulez, monsieur.

— Vous prenez du sucre dans votre café, monsieur Thierry ?

— Je veux bien, madame.

— Un morceau, deux morceaux ?

— J'aime autant, madame.

— C'est plutôt à votre goût. Vous préférez deux morceaux ?

— J'aime autant, madame.

— Si tu avais été là, Maurice, tu aurais vu. Il nous a dit des choses très intéressantes... Neuf heures dix... Des choses très intéressantes... Quand vous voudrez vous en aller, Thierry, rejoindre vos camarades, ne vous gênez pas, vous savez.

— Oh ! monsieur, je ne suis guère pressé !

— Oui. C'est que nous sommes obligés de sortir. Nous allons chez une cousine à nous.

— Si vous le permettez, monsieur, madame, je vas rester ici encore un moment, jusqu'à tant qu'il ne pleuve plus.

— Comment donc ? On va desservir. Restez ici tant qu'il vous plaira. Eh bien ! au revoir, mon garçon ! Maintenant que vous savez le chemin...

— Je ne pourrai guère venir avant dimanche prochain. La semaine, ça n'est guère possible.

— Oui... C'est que dimanche, précisément, j'ai peur que nous ne dînions pas à la maison.

— Si c'est ça, monsieur, je pourrai toujours m'arranger pour venir dans le courant de la semaine.

— Oui... Ça serait très gentil... Je vous dirai que cette semaine... nous allons être un peu sens dessus dessous... Je vous écrirai.

— Oh ! non, monsieur ! Ne vous donnez pas la peine. Je viendrai sans que vous m'écriviez, monsieur.

— Non, non, je préfère vous demander de venir. Voyez-vous que vous ne trouviez personne ?

— Oh ! ça ne ferait rien, monsieur. Je reviendrai, monsieur, madame, jusqu'à tant que je vous trouve.

— Non, non... Attendez ma lettre... Maurice et Madeleine, je viens !... Au revoir, Thierry... Je vous écrirai...

— Au revoir, monsieur.

— Maintenant que les maîtres sont partis, monsieur le soldat, je m'en vais desservir, pour que vous soyez bien tranquille.

— Pensez-vous que je vais rester ici tout seul ? Je vous accompagne à la cuisine. Tenez, que je vous aide à enlever la vaisselle. Laissez donc... C'est rare si je ne porte pas ça tout seul. C'est-y dans c'te porte-là qu'on passe... Et dans c'te porte ici, maintenant... Oh ! oh ! la belle cuisine !

— Elle est bien vaste et bien claire. Il y a de ça quinze jours, mes deux filles sont venues avec leurs maris. Nous étions tous à l'aise là-dedans.

— Qu'est-ce que vous ferez de toute cette bonne soupe qui vous reste ?

— Je n'ai rien à en faire. Je vais la jeter.

— Faut point jeter c'te bonne soupe-là. Je la mangerai plutôt.

— Mais vous avez déjà pris votre café et votre petit verre.

— Je dis qu'il ne faut pas jeter cette soupe-là.

— Ça vous fera du mal.

— Pensez-vous ? Une bonne soupe comme ça !... Et je vous aiderai à finir votre rôti.

— Quel appétit vous avez !

— Pas trop. Mais je mange longtemps sans faim.

— Comme vous mangez vite ! Vous ne mangiez pas si vite à table ?

— Je n'étais pas à mon aise. Je me gênais. Quand je ne suis point pour me gêner, c'est plutôt mon agrément de manger tant vite que je peux. Je me sens mieux remplir. Faut éviter de mettre de l'air entre les bouchées. Autrement, vous produisez des gaz. Alors l'estomac gonfle, gonfle et fait ballon.

— Je vois que vous aimez le rôti. C'est égal, vous paraissez plus à l'aise que tout à l'heure, pour répondre à notre monsieur. « Oui, monsieur... Non, monsieur... » C'est tout ce que vous y répondiez.

— J'y demandais que de me laisser manger tranquille. C'est tout ce qu'y vous ont gardé de jambon ?

— J'en mange jamais.

— Bon. Quittez-le moi.

— Prenez-le... Voilà que vous le mettez dans votre mouchoir ?

— J'en mangerai la moitié en me couchant. Et j'en vas placer un petit peu dessous mon traversin, des fois que je me réveille c'te nuit. Maintenant, je n'ai plus grand'faim. Quand j'aurai mangé mon fromage, bu par là-dessus deux ou trois coups de vin... il ne me faudra plus qu'une petite chose.

— Un verre d'eau-de-vie ?

— Ça s'entend... C'est autre chose que je vous demande... Je vous demande de ne pas me laisser partir comme ça...

— Qu'est-ce qu'y dit ? Voulez-vous vous taire ?

MOI QUI SERAIS FACILEMENT SA MÈRE...

Et voulez-vous bien me lâcher. En voilà des manières !

— Vous n'aurez pas le cœur de me laisser partir comme ça ?

— Lâchez-moi que je vous dis... Je crie !

— Tu ne crieras pas !

— Vilain gamin que vous êtes ! Lâchez-moi !... Moi qui serais facilement sa mère... C'est qu'y ne me lâche pas ! Mon Dieu, Seigneur ! Et il m'emmène par là ! C'est la chambre à Madame...

— Justement.

— Oh ! quelles manières ! quelles manières !... C'est qu'il est fort comme un hercule... C'est qu'il n'y a pas moyen de résister... Oh ! mon Dieu Seigneur !... Oh ! le petit mal élevé !... Une veuve comme moi... Y avait vingt-cinq ans !...

UN OISIF

François Marstein, qui travaillait comme électricien dans une grande usine de Puteaux, vint un soir aux Ternes, au café Balazan, relancer son cousin Albert qui lui devait cinquante francs.

— Mon vieux, lui dit Albert, excuse-moi. Je voulais te porter ça tous ces jours-ci. Mais je t'affirme que... demain... ou après-demain au plus tard..., tu seras réglé. Je signe un traité avec une maison de la rue du Mail, qui vend de la coutellerie fine, et je commence la semaine prochaine une tournée dans l'Est.

— Tu signes toujours des traités, dit François, et finalement tu n'arrives à rien... Tu te dis voyageur de commerce, et tu ne quittes pas Paris... Au fond, je sais le métier que tu fais.

— Tu sais quoi ?

— Je sais, dit François... Tu vis avec une femme du Moulin, qui s'appelle Irma. Voilà ton métier.

Albert, assis à côté de François sur la banquette de cuir, ne répondit rien.

C'était un homme de forte carrure, à la mâchoire lourde, à la moustache épaisse, au visage grêlé. Il avait des yeux noirs rêveurs, et rongeait minutieusement ses ongles.

— C'est assez triste pour toute la famille, ajouta François. Voilà où ça t'a conduit d'être si paresseux.

Les yeux de l'homme grêlé se mouillèrent.

— Je ne souhaite à personne de mener l'existence que je mène, dit-il en soupirant.

Il s'attendrit encore et embrassa son cousin.

— Mon pauvre vieux, tu m'aimes bien

Je sais que tu m'aimes bien. Je comprends les reproches que tu me fais. Écoute, mon François, permets-moi de te conseiller. Tu as une bonne place. Garde-la le plus que tu pourras. C'est une vilaine affaire que d'être dans l'ennui, et il n'y a rien au monde d'aussi triste que d'avoir besoin d'une femme.

» C'est vrai que je suis toujours avec Irma. Mais je ne vis pas d'elle, je te le promets. Ceux qui t'ont dit ça t'ont fait une calomnie. Il y a six mois que nous sommes ensemble ; elle ne m'a pas prêté trois cents francs. Qu'est-ce que je dis ? Trois cents francs ? Pas deux cents francs...

» Tu ne connais pas les femmes. Tu as fait des femmes comme tout le monde. Mais pour savoir ce que c'est que la femme, ce que ça vaut, il faut avoir eu besoin d'elle.

» Quand elles ne sont pas vraiment amoureuses, c'est à l'argent qu'elles tiennent le plus. Elles y tiennent comme des bêtes, aveuglément. Elles sont aussi attachées à une pièce de vingt sous qu'à un billet de cent francs.

» Oh ! quand on monte leur escalier et quand on se dit qu'on va leur tirer cent sous !

» Si on prend un air triste en entrant, elles voient tout de suite qu'on va les taper. Alors il vaut mieux y aller avec un air gai, ou indifférent, et placer sa demande, sans avoir l'air de rien, au bon moment. Mais la plupart du temps, on la place mal.

» Et ce qu'il y a de plus curieux, c'est que bien souvent on va leur demander quelque chose, non pas pour une vraie nécessité, mais pour faire le monsieur chic avec un camarade qu'on a invité à dîner.

» On s'humilie ici pour être considéré là.

» Ah ! le jour où je pourrai lui envoyer à travers la figure tout l'argent qu'elle m'a prêté !

Albert se tut quelques instants. Son cousin François voulut payer les consommations. Albert l'arrêta.

— Ne t'en va pas. J'ai encore quelque chose à te raconter. Mon vieux cousin François, tu es mon ami. Je te connais depuis si longtemps ! Je vais te dire ce que je n'ai jamais dit à personne. Il y a deux mois, voyant que ça ne pouvait pas durer, j'ai eu une idée effroyable, j'ai eu l'idée de faire un coup...

François le regarda avec stupeur.

— Attends, mon vieux François. Tu vas voir la suite.

» Un soir qu'Irma refuse de me prêter trente francs (que j'avais absolument promis de prêter à un camarade de régiment), je me dis que ça ne peut pas durer. J'avais souvent pensé à une femme du Moulin, une nommée Julie. Elle demeurait rue Blanche. Je n'avais jamais été chez elle. Mais je la connaissais un peu de lui avoir parlé au Moulin.

» Je savais simplement par une de ses amies qu'elle avait des économies dans sa chambre, dans un petit secrétaire. J'aurais vraiment dû prendre la peine de me renseigner, davantage, voir si elle habitait seule, si elle avait pas de voisins trop proches. Je me suis souvent demandé en lisant l'histoire des crimes, pourquoi les criminels prenaient si peu de précautions. La vérité est qu'ils y songent, mais qu'ils n'ont pas le temps. C'est bien rare qu'ils choisissent tranquillement leur jour. Ils sont surpris par l'occasion ou par la nécessité.

» Ce soir-là, avant de me rendre au

Moulin, j'ai fait un bon dîner chez Lecarnier, où je mange à crédit. J'ai essayé de me soûler. Mais j'y réussis difficilement. J'ai mal au cœur avant d'être soûl, et quand j'ai mal au cœur, impossible de continuer à boire.

» Quand j'arrive au Moulin, je suis près de vingt minutes à chercher Julie. J'allais m'en retourner, plutôt content, je dois le dire. Et j'avais pris à peu près mon parti d'avouer carrément à mon camarade que je ne pouvais lui donner ses trente francs. Enfin j'aperçois Julie à une table. C'était une femme blonde, mince, le teint mat. Je ne voulais pas aller m'asseoir auprès d'elle, pour ne pas qu'on nous voie ensemble. Enfin, elle quitte sa table. Je vais à elle sans me presser, et je lui dis : Julie, veux-tu que je rentre avec toi ? Elle me répond : Je veux bien. Je lui dis que je la retrouverai dehors, parce qu'une certaine personne ne devait pas savoir que nous étions sortis ensemble.

» — Oui, je sais, qu'elle me dit... Irma.

» J'avais emporté de chez moi un couteau, et je m'étais procuré chez un quincaillier une pince de moyenne taille, pour forcer le secrétaire. J'avais mis ces outils dans la poche intérieure de mon pardessus. Quand j'y pense, je suis encore tout étonné que j'aie pu faire ces préparatifs sans la moindre émotion. Mais j'étais soutenu par l'idée que rien n'aboutirait, que je ne réussirais pas, et que ça n'avait donc pas grande importance.

» Seulement, ça m'a fait tout de même quelque chose, quand je suis parti bras dessus bras dessous avec Julie, jusqu'à la rue Blanche. Je m'étais figuré qu'il fallait lui raconter des histoires pour lui expliquer comme quoi l'idée m'était venue tout à coup de rentrer avec elle, sans lui en avoir jamais parlé avant. Mais elle ne me demandait rien. Elle trouvait ça tout naturel. Alors, j'ai jugé inutile de lui servir des boniments.

» Nous arrivons rue Blanche. Il était onze heures. C'était encore allumé chez le concierge. Mais personne de la loge ne me regarde passer. Nous traversons la cour. Nous montons au deuxième. Je lui aurais bien demandé si elle habitait seule, mais je n'osais pas, crainte de lui donner l'éveil. Il se trouve que, dans l'antichambre, elle me renseigne d'elle-même.

» — C'est embêtant, vois-tu, d'habiter seule. Il faudra que je me décide à faire coucher une femme de ménage dans l'appartement. Si je suis malade, je suis obligée de traverser le palier et d'aller sonner chez une vieille fille qui habite en face.

» Je ne disais rien. Elle prend sa bougie. Et nous traversons assez vite la salle à manger pour arriver dans sa chambre. La bougie qu'elle venait d'allumer faisait un petit point bleu dans l'obscurité. Elle pose son chandelier sur la cheminée de sa chambre. La flamme grandit, et je peux voir le mobilier, un lit à colonnes, garni de drap gris uni, une chambre neuve et triste. Je ne pensais plus à rien. Je ne savais pas au juste ce que j'étais venu faire là.

» Tout à coup, je vois ma Julie qui s'asseoit sur un fauteuil. Elle gémissait, pliée en deux : « Oh ! j'ai eu tort, j'ai eu tort de parler d'être malade ! J'ai eu tort ! Ça va me faire revenir mon mal. »

» — Quel mal est-ce que tu as ?

» Elle me répond d'une voix éteinte :

» — Des coliques de foie ! Oh ! que c'est bête ! que c'est bête ! Justement d'avoir ça la première fois que tu viens ici !

» Je m'étais assis sur une chaise à côté de la cheminée, sans mot dire. Elle répétait :

» — Oh ! mon petit vieux ! mon petit vieux ! Je te demande pardon !

» Je la prends dans mes bras, je l'embrasse et je lui dis :

» — Ça ne fait rien, ça ne fait rien.

JE LA PORTE SUR SON LIT...

» — Oh ! que c'est bête !

» Puis la voilà qui vient s'asseoir sur mes genoux. Elle ne m'avait encore rien dit d'aimable ni de tendre. Elle frotte doucement sa joue contre ma joue, en gémissant, et me répète :

» Je la câline pendant quelques instants. Mais elle recommence à souffrir. Moi, ça m'affole de voir une femme dans ces états-là. Je la porte sur son lit, et, ne sachant que faire, je m'en vais à la cuisine tâcher de préparer des linges chauds. Du temps que j'étais à la cuisine, je l'entends crier encore. Mais son cri avait changé. Maintenant elle s'était trouvée mal. Je me décide à aller prévenir la vieille demoiselle, qui demeurait en face. Je sonne, je resonne... Cette vieille toupie avait le sommeil dur. De la fenêtre du palier, je vois que la lumière du concierge était éteinte. Que faire ? Enfin, la vieille vient m'ouvrir et me parle derrière la chaîne de sûreté...

» — Madame, c'est la jeune femme d'en face qui est malade.

» — J'y vais.

» Elle arrive en jupon. Elle examine la malade. Elle me dit :

» — Regardez voir dans le placard. Il y a une potion qui lui réussit bien. Si elle ne se réveille pas, on la lui fera passer entre les dents.

» Mais la bouteille se trouvait vide. Nous trouvons dessus l'adresse du pharmacien. Malheureusement je me souviens que je n'ai plus d'argent. Je raconte une histoire, que j'avais oublié mon porte-monnaie chez moi, très loin. La vieille demoiselle dit qu'elle n'avait justement pas d'argent non plus. Elle mentait. Elle ne voulait pas y aller de sa poche.

» Nous pensons à ouvrir le secrétaire, mais nous ne savions pas où elle mettait

— MADAME, C'EST LA JEUNE FEMME...

la clef. Comme la vieille ne me voyait pas, je prends alors tout doucement ma pince-monseigneur dans la poche de mon pardessus. Je sors un instant de la chambre, et reviens en faisant semblant d'avoir trouvé l'outil quelque part dans la cuisine.

» — Elle ne sera pas contente qu'on lui abîme son secrétaire, dit la bonne femme.

» — Le pharmacien ne donnerait pas à crédit ?

» — Je ne crois pas, dit la bonne femme.

» Enfin elle a l'idée de regarder sous la planchette de la cheminée et nous trouvons la clef... On ouvre le meuble. Il y avait dans un tiroir un tas de pièces d'or, qui pouvaient bien faire mille francs. Je prends un louis que je donne à la vieille femme, qui se charge d'aller chez le pharmacien.

» Durant le temps que je suis resté seul, ça me démangeait de prendre un peu d'argent dans le meuble. Mais je me disais que Julie devait savoir son compte, que s'il lui manquait un louis ou deux, elle me soupçonnerait, et j'avais été trop chic type avec elle, en la soignant, pour me faire considérer par elle comme un malfaiteur ou comme un mufle.

» Dès qu'elle a été mieux, je l'ai confiée à la vieille, et je suis parti.

— Et tu l'as revue depuis ? dit François.

— Non. Il s'est passé une chose que je regrette un peu.

» Quand la vieille est revenue, elle me remet la bouteille et dix-sept francs sur les vingt francs. Je pense alors, avec de très bonnes intentions : — Pour pas qu'il soit dit que je lui aie fait payer sa potion, et pour pas qu'elle s'en aperçoive, je vais prendre cette monnaie et je lui rapporterai demain sa pièce de vingt francs, avec, en plus, un petit cadeau.

» J'étais de bonne foi, je t'affirme, en disant ça. Mais comme j'avais faim en sortant, j'ai été manger un morceau, en prenant sur la monnaie, pensant toujours pouvoir compléter le lendemain. Seulement j'étais mal avec Irma, je n'ai rien pu lui demander, et j'ai eu la flemme de chercher ailleurs. J'ai remis, j'ai remis, et finalement je ne suis pas retourné chez Julie. De sorte que je ne sais pas ce qu'elle pense de moi.

» Je t'ai dit tout ça, continua Albert, pour te montrer que je n'étais pas capable d'être méchant.

— Pas plus que d'être honnête, répondit sévèrement François.

HARDI, POITEVIN !

— Tiens mieux que ça ton guidon, Lefèvre. C'est rien que tu bûches, toi, mais tu ferais bûcher Gaston. Et puis, éteins ta lanterne... Ça y gêne les yeux, à Gaston... Ça va, ça va, mon petit Gaston... Nous roulons à quarante à l'heure... De ce train-là... d'ici le prochain contrôle. nous allons lui prendre encore cinq minutes...

— Quelle heure qu'il est, Grangé ?

— Minuit passé...

— A quelle distance qu'il est, par derrière ?...

— Parle pas, mon fils. Tiens ta bouche fermée... Où c'est qu'il est ? Je sais pas au juste... Il n'est pas loin. T'endors pas... Si nous lui avons pris... un kilomètre... c'est bien tout.

— Tu blagues... Il est plus loin que ça... Tu me dis qu'il est là pour me presser. Tu me prends pour un gosse... Dis-moi exactement...

— Je t'affirme que je sais pas au juste où c'est qu'il est... Il est pas loin, ce qu'il y a de sûr... Et tu risques rien d'en mettre... Y a six heures tantôt que tu roules... C'était bien à c' moment ici qu'il s'agissait de le décramponner. Il serait été avec toi sur la fin du parcours, qu'il t'aurait eu... Il a plus de résistance que toi, mon gas... Oh ! oh ! mon Lefèvre, l'entraîneur à la manque, tu faiblis ! Mouve-toi un peu... Du courage... On va te relayer dans un moment. Y a Weisner, le Prusco, qui nous attend plus loin sus la route. Il reprendra Gaston.

— C'est bien une drôle d'idée d'avoir engagé ce Weisner !

— Ah ! là-dessus, mon Lefèvre, ce que nous dirons ou rien, ce sera le même blot. C'est pas faute que je l'aie répété à meussieu Gripau, le directeur sportif de l'Excelsior... J'y ai dit tout ce qu'il fallait dire... que je m'y fiais pas du tout à ce

Prusco-là, que si notre Gaston venait à faiblir, et qu'on soye des fois obligé de le tirer au fil de fer pour y faire monter les côtes, ça ne serait jamais prudent de faire de ces trucs-là devant le Prusco... Mais qu'est-ce que tu veux ? il a ce Weisner à la bonne...

— Oui, oui, qu'y m'a fait, vous direz ce que vous voudrez. Weisner a du train. Il est solide pour tirer un homme pendant cinquante kilomètres, à bonne allure.

» C'est vrai qu'il a du train... Mais il n'est pas le seul... On aurait aussi bien engagé le petit Thiébaut, l'amateur, qu'il aurait fait l'affaire, et on l'aurait eu pour trois louis... au lieu que mon Weisner touche pour le moins cent cinquante francs...

— Tu l'appelles Prusco. Est-il de Prusse ?

— Oh ! j'en sais rien s'il est Prusco, Bavarois ou Luxembourgeois. C'est de ces alentours-là, en tout cas.

— Dis donc, Grangé ?

— Qu'est-ce qu'y a, mon Gaston ?

— Weisner va remplacer Lefèvre. Mais toi, tu vas pas encore me lâcher ?

— Non, non, Gaston, je reste à côté de toi. Je suis encore bon pour une trentaine de kilomètres. Au contrôle, je m'appuie le train express, et je te reprendrai demain matin, par là, vers Melun, pour arriver à Paris, quand toi. Tu comprends, mon bébé, je tiens à faire mon entrée l'après-midi, dans le vélodrome, en ta compagnie... Ce qu'on va t'acclamer aux populaires !... Ce que ça sera chic, mon Gaston... d'avoir gratté Châtel... le fameux Châtel... l'invincible menuisier, comme ils disent dans les journaux... Et après-demain... les grands placards aux annonces...

« Premier, Gaston Poitevin ! sur machine Excelsior !...

» A la Libertas, ils vont en baver des soucoupes... Penses-tu, leur Châtel, leur fameux champion... dans les choux !... Oh ! oh ! mon Lefèvre ! T'excite pas trop... C'est un peu vite, maintenant. Tu sens l'écurie, vieux feignant !

— Tiens ! vlà Weisner devant nous... C'est toi, l'Alleboche ?

— C'est moi. Presque je fous ai manqués. Fous afez de l'afance ?

— Si nous avons de l'avance ! Nous sommes pre, mon vieux cochon ! Entends-tu ? Pre ! Nous grattons Châtel... Allons, colle-toi devant Poitevin, et tâche à y mener un train régulier.

— Non, non, Grangé ! J'aime mieux que Weisner se mette à côté... Le vent vient de travers... Et puis... dans la nuit, j'ai peur de toucher sa roue et de peller.

— Eh bien ! c'est ça. Reste à côté, Weisner. Mon vieux Lefèvre, tu peux t'en aller. Par où qu'est la station, Weisner ?

— La bremière route sus la cauche. La care est à teux kilomètres.

— T'entends, Lefèvre ? Tu prends le chemin de fer. Et tu descendras à Melun. D'ailleurs on se reverra bien dans le train. A tantôt, mon Févrot.

— A tantôt... V'là ma route...

— Dis donc, Grangé ?

— Gaston ?

— T'entends personne par derrière nous ?... J'avais cru entendre... un coup de trompe... Le grand Godin, qui entraîne Châtel... Je sais qu'il a mis une trompe sur sa machine... pour faire garer les voitures de foin...

— Moi, je sais pas, j'entends rien. T'entends rien, l'Alleboche ?

— Attendez ! je crois ch'entends quelgue chose... Mais je crois pas c'est un drompe.

— Ah ! nom de d'là, Grangé, ça y est. Ils vont rappliquer sur nous. Les voilà qui vont recoller ?

— C'est pas possible du moment, Gaston. En plat, à l'allure que nous faisons, Châtel ne rattrapera rien. Seulement, comme je te le dis, il faut en mettre... Allons-y, garçon !...

— Mais s'ils le tirent à la ficelle ?

— Ah ! bien, s'ils le tirent ! Mais, même le tirant, il faudra qu'ils aillent un sacré train pour nous avoir... Ils auraient une auto... mais les autos sont défendues pour entraîner... Il est vrai qu'il a des hommes vites avec lui... Pousse, mon vieux !

— Ah ! nom de Tieu !

— De quoi, Weisner ?

— Je crois nous afons fait une caffe.

— Une gaffe ? En quoi faisant ?

— Afons-nous pas laissé tout de suite une route sur la troite ?

— Je ne sais pas... Bon !... C'est toi qu'étais chargé de savoir le chemin par ici... Tu nous as pas fait tromper, bougre de cochon ?

— Non, non, ne ralentissez pas ! Cette route ici, il est pas plus long comme l'autre. Il rechoint l'autre d'ici un quinçaine de kilomètres. Je crois seulement qu'il est tanchereux.

— Dangereux ? Qu'est-ce qu'i raconte?

— Oui, je crois, je suis pas sûr, nous sommes sur un chemin qui suit le côté du mont, à la place que l'autre il traverse le plateau. Sur la cauche, plus loin, il y a un brécipice de cinquante soixante mètres profond. Nous allons arrifer dans une tescente, lequel tourne subitt. Si tu vas tout droit, au lieu que tu tournes, tu dois tomber dans le brécipice.

— Ah ! zut ! Grangé, je ne marche plus ! Des histoires comme ça, ca me coupe les jambes.

— Quelle brute que ce Weisner ! T'avais besoin de te tromper ! Et, quand t'as vu que tu t'avais trompé, t'avais bien besoin de lui raconter ça ! Tu nous aurais prévenus de ralentir au moment... C'est à une descente ?

— Oui, on sent cela. La tescente elle est prusque pendant teux trois cents mètres. Après, cela tourne. Et après cela est de nouveau pien.

— On ralentira quand ça deviendra brusque. Mais c'était bien la peine, dis, que tu t'en ailles reconnaître la route ?

— J'y étais avec le journaliste, l'organissateur. On a été reçu au Félo-Club, on a pu du champagne.

— Et tu étais plein comme un âne. Sans doute que tu as vu des précipices où c'est qu'y en avait pas.

— Attention, Grangé, voilà que ça descend...

— Retenons... T'as pas besoin de retenir autant que ça, Gaston, ça fatigue et ça perd du temps. Ah ! nom de nom, c'est malheureux de ne pas profiter de cette descente-là. Eh bien ?... ça ne tourne pas encore ?

— Cranché, on pourrait peut-être allumer une lanterne ?

— Tu parles qu'on va arrêter pour allumer ? Et puis la nuit a beau êt' noire, on voit toujours un peu le blanc de la route, tandis qu'avec la lanterne on s'éblouit... Eh bien ! Weisner, ça ne tourne pas ? Et voilà que ça ne descend plus... Ah ! nom de nom de vache ! Quels boniments que tu nous fais avec ton précipice?

— C'est pourtant bien la route que je dissais.

— Tout ça n'est clair, Weisner. Je t'ai à l'œil, tu sais. Tu nous fais ralentir pour rien. Tu coupes les jambes à Gaston. On perd du temps... Je me demande pourquoi tu fais tout ça..

— Cranché, des pareilles choses fous ne defez pas dire. Vous poufez demander partout, Afenue de la Grande-Armée, si je suis un homme malhonnête...

— Allons, Grangé, tais-toi. C'est moi qui te parles maintenant. T'es tout le temps à suspecter le monde. Weisner s'a trompé, voilà tout.

— Le brécipice que je dis, peut-être était-il pas à la première tescente. Cela je me soufiens pas exactement.

— Parbleu, t'avais le nez sale. T'étais soûl comme un cochon.

— Je crois de nouveau cela retescend.

— Ah ! non ! cette fois, on ne ralentit plus ! Hardi Gaston ! Eh bien ! quoi ? V'là que tu restes en arrière ?

— Mon vieux, je veux bien être premier, mais je veux pas non plus me la casser.

— Ah ! nom de nom de chameau de Weisner ! Voilà c'que t'es cause, avec tes boniments ! On ralentit encore !... Une si belle descente ! Pousse, Gaston !

— Non, non !

— Weisner, tu nous fais perdre la course ! Si tu crois que ça va se passer comme ça... Et voilà que ça ne descend plus... Sale chameau ! Ah ! prends garde à ta roue d'avant ! J'en ai assez de ta hure ! Je vas te faire peller.

— Grangé, tais-toi maintenant, et laisse le tranquille. J'ai pas besoin de vos disputes. Si vous vous engueulez, je m'arrête et je descends !

— Tiens, v'là maintenant qu'on entend quéque chose par derrière !

— Ch'entends pas...

— Tu diras jamais qu't'entends. Sale tête d'Alleboche, tout ce que tu demandes, toi, c'est qu'on soye rattrapé... Hardi, Gaston, pousse pour reprendre ce qu'on a perdu !

— J'ai la crampe d'avoir retenu.

— Je crois bien ! Ça coupe la cadence de la pédale. Mais ça va passer en poussant, cette crampe-là. Hardi, mon petit Poitevin ! Pense à demain matin. Qu'est-ce qu'é va dire, ta petite femme ? C'est qu'il a une bath petite femme, ce mâtin là ! Qu'est-ce qu'elle dira, dis, quand t'arriveras pre au Vélodrome ?

— J'y suis pas encore.

— T'y seras, que je te dis. Qu'est-ce tu vas te payer avec tout ce que tu vas gagner, mon Gaston ?... Tu vas gagner gros comme toi... Tu vas être riche du coup, mon bébé... Le prix de trois mille francs... plus deux mille francs de l'Excelsior... deux mille francs des pneumatiques... sans compter un petit traité de sept huit cents balles par mois pour l'année prochaine...

— T'entends rien derrière nous ?

— Non... Mets-en toujours, mon garçon... Je vas te chanter pour te distraire...

C'est la course, la course, la course,
C'est la course qu'il nous faut !

— Je crois toujours entendre la trompe à Godin.

— C'est une idée. Et puis ils ne vont pas s'annoncer. Ils préféreront arriver sur nous en douceur.

— Oui... Mais i sont bien capables de sonner pour nous décourager, et nous montrer qu'i sont sur nous, et que c'est plus la peine de pousser... Ah ! nom de d'là, Grangé, il faut pas qu'i nous aient ! Hardi, hardi !

— C'est bien, mon Gaston ! Voilà comme c'est que je t'aime.

— Ça retescend...

— Je m'en fous. Poussons, Grangé !

— Pousse ! Vas-y, Gaston. Vas-y aussi, l'Alleboche ! Et mets-toi bien sur la même ligne que nous, que Gaston voie que tu n'as pas peur. Bravo, Gaston !... Vive Poitevin !... Entends-tu l'ovation demain, en arrivant au Vélodrome ? L'ovation sus tout le tour de la piste ! Les entends-tu gueuler, les populaires ?

C'est la course, la course, la course...

— Hep !

— Le brécip...

GASTON POITEVIN
EXCELSIOR

LA DERNIÈRE VISITE

— Madame Léon, laissez donc mon petit jupon. Vous le terminerez demain. J'aime mieux que vous vous mettiez aujourd'hui au pardessus de mon mari ; nous sortons ce soir, et si la doublure de la manche est encore déchirée, il n'en a pas fini de faire la vie. Je vais vous donner de la satinette, que j'avais mis de côté pour une jupe à moi... Mais dites donc, madame Léon, qu'est-ce que vous avez ? On dirait que vous avez pleuré ?

— Rien, madame. Ce n'est rien.

— Allons, voyons, dites-moi ce que vous avez ?

— J'aimerais mieux n'en pas parler, madame. Ça fait aujourd'hui quatre ans... de mon pauvre garçon...

— Vous avez perdu un fils ?

— Et de quelle façon, madame !

— Je ne vous demande pas...

— Vous avez sans doute entendu parler de Hucheux ?... C'est mon vrai nom, madame. Ici, à Paris, ça ne fait trop rien... parce que c'est en province, chez nous, que l'affaire a eu lieu. Il faut vous dire, que je me suis mariée à vingt ans, avec un jeune homme qui avait un an de moins que moi.

— Vous vous étiez plu ?

— Non, madame. On était cousins. On s'est marié ; une idée qu'est venue un jour, parce qu'on se connaissait. On s'aimait comme cousins. On n'aurait jamais songé à s'aimer autrement. C'était un bon gros garçon, qui ne disait jamais grand'chose. On a été marié six semaines. Il est mort d'un chaud et froid. Je suis restée enceinte d'un petit, qu'est arrivé huit mois après.

» Sa fluxion de poitrine, mon mari l'avait attrapée à l'enterrement de sa tante, qu'avait une mercerie dans la ville où nous habitions. J'ai donc repris la boutique, question d'avoir un état, étant femme seule, plutôt que d'aller coudre chez l'un ou l'autre. Et je me suis mis à élever mon petit moi-même, sans vouloir épouser qui que ce soit qui ne manquait pas ; ils étaient trois après moi à me dire que j'étais jolie, et à me proposer le mariage, même un monsieur qui était adjudant-vaguemestre, et qui se faisait en plus de ça quarante francs par mois avec des écritures, chez un boucher.

» Mon petit a grandi gentiment. Je l'ai mis à l'école. Il était des mieux élevés et savant, toujours premier, madame, pour l'arithmétique et l'orthographe. Jusqu'à dix-huit ans, ce petit garçon-là ne m'a donné que de la satisfaction. Jamais à sortir, à lire toujours. Je croyais que c'était bon et ça lui perdait la tête. Il semblait bien que sous le rapport des femmes et de leur fréquentation, il tenait de son père, un homme plutôt tranquille qui n'en savait pas plus que moi quand je l'ai connu. Et puis, madame, tout à coup, dans la maison d'un de ses petits camarades, il a fait tout justement la connaissance d'une dame, qui était la femme d'un commerçant de l'endroit.

LE VOILA QUI ME RACONTE...

» Un jour, il vient me trouver et me dit :

» — Ma mère, il me faut absolument quatre mille francs.

» Il savait que j'avais un peu d'argent de côté. Comme de juste, je lui demande qu'est-ce qu'il veut en faire. D'abord, il ne me le dit pas, et puis le voilà qui me raconte toute l'histoire, comme quoi il avait des rapports avec cette dame, comme quoi le mari de cette dame allait faire faillite, et qu'il voulait empêcher ça. Naturellement, je refuse. Le voilà qui me fait une scène épouvantable. Mais qu'est-ce que vous voulez ? Je ne voulais pas donner une somme pareille. C'était pour lui que je la gardais. Et puis je ne savais pas où ça s'arrêterait. Et puis on ne donne pas l'argent comme ça.

» — Ah ! c'est ainsi, qu'il me dit, je vais le demander à parrain.

» Son parrain habitait dehors de ville, dans la dernière maison du faubourg. C'était un ancien fabricant de tonneaux, qui allait sur ses quatre-vingts ans.

» — Je connais ton parrain, que je dis. Il ne te prêtera rien, mon petit. Tu l'indisposeras contre toi, ce qui sera très fâcheux.

» Bon ! il s'en va tout de même. C'était un peu après l'heure du dîner. Je l'attends jusqu'à onze heures du soir. Puis je me mets au lit.

» J'étais un peu inquiète. Mais enfin ça lui était déjà arrivé une ou deux fois de découcher. Le lendemain matin, toujours pas d'Henri. C'était jour de marché, je m'en vas sur la place avec mon panier. Et voilà, madame, ce que j'entends :

C'ÉTAIENT DEUX VIEILLES FEMMES...

» C'étaient deux vieilles femmes de la campagne qui causaient, deux marchandes de légumes.

» — Oui, que disait l'une, il n'a pas dû faire résistance. Un vieillard de plus de cent ans. Il lui a tapé la tête avec un chandelier de cuivre.

» — Ça doit être quelque chemineau qui s'aura dit qu'il y avait de l'argent chez le vieux tonnelier.

» A ce moment, madame, comment est-ce que j'ai pu tenir debout, je ne me l'explique pas. J'avais des tremblements dans les jambes. Je ne savais plus où j'étais. J'entendais les volailles, et les femmes, avec leurs cris qui chantaient sans discontinuer. Puis voilà que j'écoute d'autres personnes qui parlaient de la chose, et qu'est-ce qu'elles disent celles-là ? Que c'était un soldat en permission qu'avait fait le crime, et qu'il était déjà en prison... Alors, je me suis sentie heureuse, heureuse, comme jamais je n'avais été. Le bruit du marché c'était doux, doux. Ça sentait bon le beurre et la plume de poule.

» Je ne sais plus quoi que je vais acheter, un chou ou des carottes. Et voilà qu'on parle de la même histoire. Et voilà encore ce que j'entends...

» Une demoiselle, qu'était bonne chez le pharmacien, disait qu'on ne savait pas qui avait commis le crime. Je m'approche, et je dis :

» — C'est un soldat en permission.

» — Non, non ! que dit cette jeune fille. On a bien arrêté un soldat. Mais on l'a relâché tout de suite. Il a bien expliqué où c'est qu'il était au moment du crime.

» Je rentre à la maison sans faire mon marché. Je ne pensais à rien. J'avais les jambes faibles, et j'étais comme écœurée. Mais je ne savais pas si j'étais malheureuse ou tranquille. Et voilà, madame, voilà qu'en rentrant dans la chambre de mon garçon, qu'est-ce que je vois ? Henri avec une cuvette d'eau sur le parquet et qui lavait son paletot dedans.

» Je me suis mise à pleurer, à crier comme une folle. Il a pleuré aussi, en me disant de me taire.

» — Qu'est-ce que tu as fait là, mon Henri ?

» Et je pleurais. Je pleurais comme je pleure à présent.

— Et vous n'aviez pas un peu peur de lui ? Un peu d'éloignement ?

— Pour mon petit, madame !... Ah ! qu'il me faisait de la peine !... Il était là, sans bouger, sans penser à se sauver des gendarmes. C'est moi qui y ai dit de partir. Mais il ne pouvait pas s'en aller par la gare. Comme il montait bien en vélo, et qu'il avait même vendu le sien toujours pour cette femme, je lui donne de l'argent pour qu'il s'en achète un autre, et ce qu'il lui fallait pour s'en aller quelque temps. Il m'embrasse, il me laisse toute seule à cacher ses vêtements. Ils n'étaient pas tachés, mais ils étaient mouillés et l'on pouvait se demander pourquoi il avait lavé des effets de drap qu'on donne plutôt d'habitude au dégraisseur. Quand la nuit est venue, je les ai enterrés dans le jardin.

» Je n'ai vu personne avant le lendemain. Deux hommes de chez le commissaire sont venus demander après mon fils. Et le procureur est arrivé lui-même. Il a cherché partout sans rien trouver. Moi, je leur ai répondu que mon enfant était parti depuis plusieurs jours. Et j'étais tranquille, si vous aviez vu ! Moi qui suis craintive pour parler aux personnes, je n'aurais jamais cru ça de moi, d'avoir tant d'aplomb pour mentir à ces messieurs-là. Mais, puisqu'il fallait, il fallait.

» Je pensais que ça irait bien. Il n'y avait pas grandes charges contre Henri, et il ne reviendrait pas sitôt. Il aurait pu très facilement se sauver et se mettre à l'abri. Seulement, qu'est-ce que vous voulez ? Il est revenu dans le pays deux jours après. Il ne pouvait pas s'arracher de cette femme. C'était un bon petit garçon, bien doux et bien timide. Mais, depuis qu'il était pris par elle, il n'avait plus peur de rien. Il est revenu pour la voir passer. Il a rôdé autour de chez elle dans la rue des Chaumières. C'est alors

HENRI AVEC UNE CUVETTE D'EAU...

qu'un gamin qui l'a rencontré l'a dit à un autre, qui savait qu'on le cherchait, et qui l'a dit à Chevalet, le garde de ville. Et Chevalet, avec un de ses camarades, n'a eu qu'à venir le prendre au coin de la rue, comme on prend un petit oiseau avec la main.

» On a été très bon pour moi, dans mon entourage. Les gens ne se privaient pas d'être gentils. Je sentais même que ça les flattait de faire les généreux, et même ils m'énervaient à me répéter que ce n'était pas de ma faute si j'avais mis au monde un être, comme ils disaient, dénaturé. Ils disaient que c'était un criminel endurci, un monstre effrayant, parce que la tête de la victime avait été tout écrasée à coups de chandelier. Moi, je pensais bien que ça s'était passé dans un moment d'affolement, et que, s'il avait tapé comme un sauvage, c'était parce qu'il ne savait plus ce qu'il faisait. Cela, je l'ai répété bien des fois à son avocat, Maître René Ginard. Mais il ne l'a jamais dit. D'ailleurs, il n'écoutait pas ce que je lui racontais. Je crois que j'avais fait un choix malheureux de cet avocat-là ! C'était un jeune homme qui se remuait beaucoup, toujours à organiser des réunions de jeunes avocats, et avec ça pas beaucoup de causes. C'était un grand brun, très occupé de sa belle barbe frisée. Ce que je me suis sentie colère contre lui, aux assises ! Je voyais tant et tellement qu'il ne pensait qu'à parader, et des « Monsieur le président » par-ci, et des « Monsieur l'avocat général » par-là ! Notre malheur à nous, ça lui était bien égal !

» Le moment dur, c'est quand le jury s'est retiré, et qu'on a attendu dans la salle d'audience. Le garçon du tribunal, avant que les jurés aient fini, est rentré dans la salle. Il venait de leur porter les lampes. Il a dit quelque chose aux avocats. Et ils m'ont tous regardée.

» Quand on a fait entrer Henri pour lui lire la sentence, il l'a écoutée tout droit. Puis il a regardé autour de lui comme pour me chercher. Il ne m'a pas vue. Il s'est retourné du côté du gendarme. Il a touché gentiment sa casquette en passant devant lui. Et il est sorti comme si de rien n'était.

» Je n'avais rien dit à l'avocat à propos de Fanny, la femme, car Henri m'avait fait jurer de n'en pas parler. Cette dame, vous pensez bien que je ne l'aimais pas, suffit qu'elle soye été la cause de tout ce malheur. Et puis, elle n'avait pas donné signe de vie depuis que mon gosse était en prison. Elle n'y avait seulement rien fait dire. C'était peut-être compréhensible, vu sa situation qu'elle devait ménager, et son mari, et ses enfants. Quand Henri me parlait d'elle, et qu'il me paraissait triste de ne pas la voir, j'aurais voulu lui dire qu'il fallait l'excuser. Mais, tout de même, je ne pouvais pas. J'avais un sentiment, comme de la jalousie, de voir que je comptais moins que cette Fanny. J'avais beau me dire que les enfants sont comme ça, ça me faisait de la peine.

» Maître René Ginard était allé à Paris pour la grâce. Et beaucoup de personnes trouvaient très bien qu'il se dérange et qu'il aille voir le Président de la République. Moi je sentais qu'il y allait pour le plaisir de faire des démarches, et pour avoir l'avantage de voir le chef de l'État... Tout ce voyage-là n'a servi à rien.

— Ça a dû être une époque terrible pour vous !

— J'ai peur de m'en rappeler, madame. Et pourtant, à certains instants, je ne souffrais pas, je ne pensais à rien. On venait à la veillée, le soir. On parlait du procès, de choses et autres. Je faisais du vin chaud. Il me semblait, par moments, que je rêvais, que rien n'était arrivé.

» Et puis, tout à coup, une nuit, je me suis dit que ça approchait, et je me suis mise à grelotter dans mon lit. Alors j'ai pensé qu'il fallait savoir, dès la veille, quand est-ce que ça allait avoir lieu. Je passerais une nuit affreuse, mais, du moins, jusque-là, tous les soirs, en me couchant, je n'aurais pas la peur d'apprendre quelque chose en me réveillant le matin. Alors, tous les soirs, à la tombée du jour, à l'heure du train de Paris, je m'en allais rôdailler à la sortie des voyageurs. Et c'est comme ça qu'un soir j'ai vu arriver l'homme, et ses deux employés. Ils avaient des pardessus gris et des chapeaux melons. Et ils ont fait charger sur une tapissière leur colis, qui était enveloppé dans des toiles.

» Il était environ sept heures du soir. J'avais vu Henri la veille au matin, et je devais le revoir deux jours après. Je ne pouvais pas quitter ce petit-là sans lui dire adieu.

» Je savais très bien qu'on ne pouvait pas entrer dans la prison en dehors des heures indiquées. Mais je connaissais Monsieur Bellot, le gardien-chef, et je me suis dit qu'il me donnerait peut-être la permission. Quand je suis entrée dans sa salle à manger, c'est bête ce qu'on se rappelle, je vois toujours son saladier de pommes de terre sur la table. Il mangeait avec sa dame et ses enfants. J'entre donc et je me mets à pleurer, sans pouvoir rien dire. Il savait à quoi s'en tenir sur le lendemain matin, car il ne me demande pas pourquoi je pleure.

» — Monsieur Bellot, que je dis, je veux le revoir !

» — Ah ! madame, qu'il me répond, c'est impossible ! Je serais révoqué sûr et certain...

» Mais il m'a vue si malheureuse qu'il a eu pitié, et qu'il m'a dit de venir avec lui dans sa tournée, et que je pourrais embrasser mon garçon, en passant, une petite seconde... Nous voilà donc partis dans les couloirs. C'était une très vieille prison, où la nuit était toute sombre. C'est à peine si on voyait les lampes à chaque bout des corridors. Monsieur Bellot tenait à la main sa lanterne qui n'éclairait que le plancher.

» Nous montons au second étage, et nous arrivons devant une porte...

» — C'est là, qu'il me dit... Embrassez-le par le guichet :

» — Hucheux ! qu'il appelle à demi-voix. Il y a quelqu'un qui veut vous embrasser.

» Alors j'ai plutôt deviné que vu qu'il était au guichet, et j'ai entendu qu'il disait à voix basse :

» — C'est toi, Fanny !

» En même temps il appuyait sa figure contre la mienne et m'embrassait comme personne ne m'avait jamais embrassée...

— Pauvre femme ! Ça a dû vous faire gros cœur, qu'il pense à l'autre ?...

— Moi, madame. Oh ! je ne songeais guère à ça. Il était si heureux ! si heureux ! Je sentais ça dans son baiser. Et je n'avais qu'une peur, c'était qu'il s'aperçoive qu'il se trompait. Aussi, j'ai été contente, quand le gardien m'a entraînée ! Et cette dernière nuit, qui m'effrayait tant, que je ne croyais pas pouvoir la passer vivante, eh bien ! j'ai dormi jusqu'au grand jour. J'ai eu d'abord, en me réveillant, une défaillance affreuse, en pensant que c'était fini. Puis, j'ai pensé qu'il était mort heureux, et j'ai tricoté jusqu'au soir, sans rien dire, après un jersey à grosses mailles, qui était à peine commencé et que j'ai terminé complètement dans ma journée.

UN GUERRIER

Au café, on l'appelait le capitaine.

C'était un homme de soixante ans, qui portait une moustache blanche, d'un beau noir.

Il m'intéressa par un double tic nerveux qui lui faisait rapprocher brusquement les coudes du corps, puis secouer la tête immédiatement après. Il avait l'air de jouer à l'homme-orchestre, car ses coudes semblaient frapper une grosse caisse imaginaire placée derrière son dos, et sa tête agiter un chapeau à clochettes.

D'ailleurs, son air martial et grave s'accordait mal avec la frivolité d'une telle occupation.

Quelques politesses, des journaux échangés me mirent en relations avec le capitaine.

Puis nous offrîmes à tour de rôle le cocktail quotidien. J'arrivai à connaître sa vie.

Ce n'était pas un capitaine pour rire. Au service de l'un et de l'autre, il avait fait de dures guerres. A diverses reprises, il avait croisé la mort. Une fois même, elle lui avait rudement entamé le front, avec le sabre d'un Italien. Mais décidément elle l'avait trouvé trop dur encore ce jour-là, et en fin de compte avait préféré le laisser mûrir.

J'appris aussi que son nom de guerre était Captain Androclès. Il était fils d'un Anglais et d'une Grecque, ou d'une Anglaise et d'un Grec : ses déclarations variaient là-dessus. Sous les ordres de son père, qui commandait une compagnie de mercenaires, il avait fait la campagne d'Italie dans les rangs autrichiens.

— Et pendant la guerre franco-allemande ?

— J'ai perdu là une belle année, me dit-il. Je m'étais cassé le bras en tombant de cheval. J'ai été immobilisé pendant deux ans. Mais j'ai fait la guerre russo-turque.

— Vous serviez la Turquie ?

— Oui. Ça s'est trouvé comme ça. J'avais réuni une compagnie de deux cent vingt hommes. On m'a versé trois cent vingt mille au début de la campagne. C'est-à-dire deux cent mille pour mes hommes, et quatre mille livres sterling pour moi. J'ai fait, bien entendu, déposer l'argent à Londres. D'après mes contrats d'engagement avec mes hommes, les mille francs que touchait chacun d'eux revenaient, en cas de mort, à des personnes qu'ils désignaient. Ceux qui n'avaient pas ou plus de famille, ou qui étaient brouillés avec chez eux, désignaient des amis ou des femmes. Je connais une fille à Paris, qui était dans une maison, où elle est d'ailleurs encore, depuis vingt-deux ans, et qui a touché de cette façon-là trois mille francs. Elle connaissait trois de mes hommes, qui tous trois sont restés en route.

— Vous étiez armés et équipés ?

— Naturellement. Nous fournissions seulement nos chaussures. J'ai toujours préféré que mes hommes soient chaussés à mes frais. C'est plus sûr... D'autre part, outre notre solde, nous avions encore le casuel, le pillage. Ça n'était pas porté sur les contrats. Mais on était tacitement d'accord là-dessus. J'avais emmené avec ma troupe une équipe de trois emballeurs, et un expert en bibelots. On emballait avec un soin minutieux tout ce qui valait la peine d'être envoyé à Vienne, à des marchands que j'avais vus à ce sujet.

— La campagne a été dure?

— Je vous crois. J'ai perdu près de cent hommes, et si mon bras n'a pas été décroché à Dorna, c'est qu'il tenait bon.

— A Dorna ?

— Oh ! c'est un vilain souvenir. C'est la forteresse de Dorna qui commande la vallée de Wisno. On m'avait mis là, avec ma troupe. Le général Dolgovouboff tenait à ne pas moisir devant Dorna. Il savait que je pouvais résister pendant quatre jours, car j'ai une petite réputation, et je passe pour un monsieur qu'on ne décramponne pas facilement. Dolgovouboff avait intérêt à passer tout de suite, pour se rendre maître de la vallée et opérer sa jonction avec les troupes de Crataïeff. Il m'envoya donc un parlementaire, qui me demanda si je voulais me rendre tout de suite, moyennant cinquante mille roubles.

» Il ne m'offrit pas d'argent de but en blanc. Il parlait vaguement de compensations. Je laissais venir le bonhomme.

» A la fin, il se décida à parler des roubles, cinquante, puis cent, puis deux cent mille.

» Je lui répondis, ou quelque chose d'approchant, qu'il n'avait pas regardé ma figure.

» Il m'a dit alors que j'avais tort de perdre mon temps avec la Turquie, que la guerre était perdue pour les Turcs, qu'il savait fort bien que j'avais à me plaindre d'eux. D'ailleurs, j'étais à couvert. J'étais seul avec mes deux cents hommes contre six régiments russes. Si je voulais me rendre, on me donnerait les honneurs de la guerre. L'honneur et l'argent, quoi !

» Je lui ai répondu alors que tout ça était bien possible, mais que j'avais fait affaire avec la Turquie. Et j'ajoutai : « Quand j'ai fait affaire avec les gens, je ne les lâche pas. »

» Je crois même que j'ai dit : « Allez dire à votre général que quand j'ai fait affaire avec les gens, je ne les lâche pas. » Dans ces cas-là, on emploie parfois de formules un peu emphatiques.

— LE QUATRIÈME JOUR, JE ME SUIS RENDU...

» Nous avons donc résisté trois jours et quatre nuits. J'ai perdu une cinquantaine d'hommes et je me suis fait esquinter le bras.

» Le quatrième jour, je me suis rendu. Mais je me suis rendu à l'œil, et sans demander les honneurs de la guerre. Je me suis rendu parce qu'il n'y avait plus moyen de faire autrement. On n'a pas le droit de se rendre pour de l'argent quand on est mercenaire. Il faut faire respecter son métier. Autrement, il tomberait à rien et ne serait plus possible. Et puis, il ne faut pas être mufle. Quand on a été mufle, ça ne se raccommode pas, et on s'en repent toujours.

» Vous savez qu'il y a une quinzaine d'années, il y a encore eu des bruits de guerre entre la Russie et la Turquie. Je me suis souvenu du général Dolgovouboff et je lui ai écrit pour lui offrir mes services. Je me trouvais libre d'engagement. Et je préférais cette fois me mettre avec la Russie, qui me semblait avoir le bon bout. Dans notre métier, il vaut toujours mieux être du côté du plus fort. Ce n'est pas pour la question du prix, car je me fais toujours payer d'avance. Mais ça tombe sous le sens qu'avec le plus fort on risque moins d'écoper et qu'on a moins de travail.

CAPTAIN ANDROCLÈS.

» Dolgovouboff m'a répondu une lettre des plus aimables et des plus élogieuses. Je vais vous la montrer.

Il fut pris de sa contraction nerveuse, remua la tête, et ouvrit son pardessus à taille, en gros drap vert-olive. Il sortit de sa poche un portefeuille usé et des quantités de vieux papiers. Il chercha sans la trouver la lettre du général russe... Mais il me montra des souvenirs, une lettre un peu jaunie qu'il approcha de son nez balafré, puis une lettre toute fraîche qu'une « petite bobonne ravissante » lui avait écrite le matin.

— Et vous faites toujours la guerre, capitaine ?

— Je n'ai plus occasion. Il y a bien les guerres coloniales. J'en ai fait une. Mais les rois nègres sont des sauvages, et ils paient mal... Et puis, je ne veux pas faire la guerre contre la France. J'y ai de bonnes relations. Presque tous mes amis sont Français. Il y en a qui se brouilleraient avec moi...

» Je préfère bricoler de-ci de-là, et m'occuper de petites affaires de publicité.

MORT DE PISTON

A Vaugirard, à l'hôtel Calcutta, j'ai connu un petit café où il en venait quelques-uns de bons, Charles Charlot, qui s'est établi à Clairvaux et Bridaine, dit Riquet... qui a traversé la mer. Il y avait aussi là une mouche, un homme de la Sûreté, qui était brûlé et qui faisait semblant de ne pas s'en apercevoir, afin qu'on ne le sorte pas du quartier où il avait ses habitudes. Enfin, j'y ai vu ce grand garçon que des fois on appelait Emile, et d'autres fois Télégraphe, parce qu'on l'avait employé pour porter des sacs, au bureau de poste.

Télégraphe était un grand garçon pâle, avec une moustache noire. Il m'en imposait beaucoup. Mais je crois qu'il n'était pas sans avoir pour moi une certaine considération. C'est moins par besoin de confidence que pour m'étonner un peu qu'il m'a raconté ses affaires.

— Vous vous rappelez le crime de la rue Galilée, l'assassinat de la fille Crouart, m'a dit un soir Télégraphe.

» C'est après cette histoire-là que je me suis mis de la bande, a-t-il ajouté après un long silence. J'ai vu qu'à travailler seul on risquait trop et qu'on n'avait pas grand'chose.

» Je m'en suis donné du mal pour cette histoire-là ! Elle en a fait du bruit dans les journaux ! Mais chaque fois qu'on en parlait, j'étais tout honteux. On disait : « L'assassin de la rue Galilée, en voilà un malin qui la connaissait. » Je me serais bien giflé chaque fois que j'entendais ça. Et je me disais : ce qu'on se foutrait de sa fiole, à ce malin, si l'on savait ce qu'il a gagné rue Galilée, où il a éventré une demi-douzaine de tiroirs et forcé un secrétaire pour rapporter juste la peau. Mieux que ça, ce que je ne veux dire à personne qu'à vous, c'est que j'y ai laissé un pardessus tout neuf, un pardessus que j'avais chauffé la veille, aux courses de Longchamp. Non seulement que je ramenais peaudezébie, mais fallait encore que j'y soye du mien.

» Après donc cette affaire-là, c'est là que je me suis mis en bande. C'est moins battant, mais c'est plus sûr. La bande a des renseignements qu'un simple bibi, un margoulin comme vous et moi, ne peut pas se procurer, s'il est tout seul.

On ne travaille plus à l'aveuglette. On sait où c'est qu'on va.

» J'ai d'abord été dans la bande à Costo, dit Robert, qu'on appelait encore Gustave, à Javel. Costo était un vieux nez fin, du temps que je l'ai connu. Il allait sus ses vingt-cinq ans. Il venait de terminer son congé. Ça rend paresseux d'ordinaire. Lui pourtant n'était pas feignant. Une fois, rien que du samedi au lundi, on a couché quatre bonhommes dans la banlieue et déménagé deux villas. Son défaut c'était d'être rapiat. Il m'assurait comme aux autres mes huit francs par semaine, ce qui n'est pourtant pas vilain. Il vous payait en plus les frais d'omnibus et de chemin de fer, parce qu'on allait tous les jours en reconnaissance. C'était son système d'occuper ses gens l'après-midi, pour ne pas les laisser à rien faire. C'est bon, si vous voulez, et c'est mauvais d'un sens. Je serais plutôt pour envoyer les gosses, qui n'inspirent pas méfiance et qui n'ont l'air de rien. Vaut mieux pas faire remarquer celui qui doit travailler.

» Mais ce que mon Costo était chipoteur dans les comptes ! Pour se faire rembourser trois sous d'omnibus, c'était l'affaire d'une demi-journée. Le soir qu'on a été à Saint-Mandé, et qu'on a étendu les deux gardes, on avait travaillé pendant trois heures ; on avait lutté à brasse-corps avec eux ; on les avait eus en force. Eh bien, mon Costo, en revenant, nous a payé un verre à la barrière ; ce verre-là, il nous l'a reproché pendant quinze jours.

» Le jour de la revendeuse, c'était un dimanche. On était quatre. On avait passé l'après-midi à la fête à Neuilly. Puis on avait été dîner au Vallois chez un ami. On devait se trouver à la Madeleine sur le coup de dix heures et demie, devant le passage. On descend donc du Vallois en tram. On prend l'intérieur, il tombait des siaux d'eau. Costo, qui payait comme de juste, prend quatre correspondances ; ça ne coûtait pas plus cher. Arrivé au passage, on monte chez la revendeuse, et l'on fait un travail rapide, si bien qu'on a opéré la bonne femme et saisi les bijoux en moins de vingt-cinq minutes. Ma casquette était traversée de sueur. On décide de finir la soirée au boulevard Richard-Lenoir chez des filles que l'on connaissait. On va donc prendre l'omnibus à la station. Voilà-t-il pas mon Costo qui veut refiler ses quatre correspondances au contrôleur, qui dit qu'elles sont plus bonnes. De s'engueuler. Un rien de plus, et nous allions tous au poste. C'était vraiment pas l'instant de nous faire remarquer.

» Du Costo je suis été avec le Plombier. Le Plombier était moins ficelle que le Costo, mais son défaut c'est qu'il était pas hardi. Un maniaque. J'admets qu'on ait des précautions. Mais le Plombier c'était à propos de tout et à propos de rien. Il perdait son temps à vouloir tout parer. Il ne pouvait jamais quitter l'endroit où il venait de travailler, peur d'y laisser un bouton de culotte ou quelque morceau de papier. Il revenait trois fois pour faire le tour des chambres. Rue Oberkampf, monsieur, je l'ai vu remonter six étages pour placer une dizaine de coups de couteau à un client, qui, j'en suis sûr, était déjà froid depuis une demi-heure.

» Et puis, dans la bande au Plombier, il y avait des mal élevés, des gens qui savaient que gueuler, avec qui n'y avait pas moyen de rien causer ni dire. Un jour qu'on travaillait chez une famille épatante, à l'hôtel de Caspian, au Coursla-Reine deux de ces voyous ont trouvé rigolo de poser des cochonneries en plein tapis du salon. De quoi qu'on a l'air ?

» — Mais, dis-je un soir à Télégraphe, on se tient bien dans votre métier. On ne se trahit pas ?

» — C'est comme partout, dit Télégraphe. Il y a les bons et les mauvais. Faut bien croire qu'il y en a souvent de vendus, puisqu'il y en a si souvent de pris. Il n'en manque pas de braves, de gentils garçons, sur qui l'on peut compter. On vous a jamais dit l'histoire de Piston ?

» La mère Valu tenait un garni à Grenelle, en face le puits artésien. La maison a été démolie l'été dernier. Voilà qu'il y a deux ans, un soir d'après le Grand-Prix, qui c'est qu'on voit arriver au garni ? mon cher, c'est deux Anglais, deux grands gaillards, avec des moustaches rousses qui leur tombaient sur la bouche, des casquettes à carreaux, et sauf votre respect, du pognon à la clef. Le plus grand ne quittait pas du comptoir et s'enfilait comme rien du tout des consommations de quarante centimes. Ils venaient travailler en France à différentes bricoles. Ils nous ont montré tout ce qu'ils avaient chauffé au Grand-Prix, des portefeuilles de dames en maroquin, des petites montres, des mouchoirs tout ce qu'il y avait de joli.

» Mais la grosse affaire, c'était une villa à Auteuil, qui appartenait à une dame de leur pays. Cette dame devait s'absenter un certain soir et donner congé à ses domestiques. Nos deux rosbifs parlent à la mère Valu, et lui demandent si elle ne connaîtrait pas un gosse pour guetter. Ils disent qu'ils donnent douze francs cinquante, que c'était le prix chez eux. « Le prix chez nous, c'est de quatre francs, leur dit cette bonne pie de mère Valu. » Pourquoi qu'elle ne les laissait pas donner à leur idée ? Mais dès l'instant que ça ne tombait pas dans sa poche, elle voulait s'en payer de faire la grande et généreuse.

DEUX GRANDS GAILLARDS...

» Elle leur indique

donc un gosse de treize ans, Piston, un petit gas que je vois encore, avec sa tête un peu grosse ; il jouait aux billes toute la journée dans la cour du garni. Quand on prend des gosses pour faire le guet, on aime mieux choisir ceux qui sont joueurs et qui ont des camarades, que ceux qui travaillent, et qui vivent sans compagnons. Parce que de jouer tout le temps ensemble, de s'empêcher de tricher, ça rend les enfants plus loyal. Mes Anglais acceptent Piston, et demandent encore un gosse pour guetter au tournant de la route. On leur donne un autre gas plus grand, un appelé Philippe qui allait bien sur ses seize ans.

IL JOUAIT AUX BILLES...

» Le soir tout notre monde se trotte à Auteuil. On installe Philippe à son coin de route, à cent pas de l'entrée, Piston prend place sus l'un des piliers de maçonnerie, à côté de la grille d'entrée. La consigne, s'il y avait danger, c'était de gueuler à toute force : « Tararaboum de Hay ! »

» Comme les Anglais étaient en train de travailler depuis dix minutes, voilà Piston, toujours en faction sur son pilier qui voit arriver Philippe, et mon Philippe, qui les avait vendus, se met à dire à Piston qu'on est d'accord avec les mouches, et qu'on va emballer ces cochons de rosbifs.

» — Pourquoi ça ? demanda Piston, ces cochons de rosbifs ? Ils m'ont donné quatre francs pour les veiller.

» — T'auras mieux si tu les vends, dit Philippe. T'auras deux linvés tout en or. Regarde-les briller. C'est dix fois tes quatre francs. De quoi t'acheter quinze mille billes.

» Mais le petit Piston répète qu'il a promis de garder les Anglais et qu'il les gardera. Philippe commence à rogner.

» — Petite punaise, souffle-t-il, si tu ne descends pas de là, je vas te descendre.

» Et il se met à tendre sa fronde avec une grosse pierre dedans.

» Cependant les vaches s'étaient approchées. Il y en avait bien six avec un commissaire.

» — Descendras-tu, que disait Philippe, ou je t'envoie cette pierre dans la figure ?

» Alors voilà Piston qui de toutes ses forces se met à chanter :

» — Tararaboum, tararaboum, tararaboum de Hay !

» Philippe, de colère, lâche sa fronde. Le gosse reçoit la pierre au front, juste près de la tempe, et tombe à terre comme un oiseau. Les vaches entrent dans la maison. Mais les Engliches avaient entendu et s'étaient donné de l'air.

REGARDE-LES BRILLER...

» Qui c'est qui s'amène, l'instant d'après, c'est madame la dame anglaise à qui qu'était la maison. Elle voit mon gosse étendu mort par terre. Elle demande qui c'est que c'est.

» — A cause de cet insecte-là, dit le commissaire, ils ont pu vous prendre vos bijoux et on ne les a pas pincés.

» Il raconte l'histoire, la dame l'écoute, et, quand il a fini, elle ne dit rien, elle va à Piston, elle se baisse, et l'embrasse sur son petit front sale. Puis elle regarde le commissaire, et lui dit en montrant le gosse :

» — C'était un fidèle garçon...

» Nous quittâmes l'hôtel Calcutta. Il était tard. Télégraphe me reconduisit jusqu'à ma porte. Nous marchions sans rien dire.

— Joseph Bara avait aussi treize ans, pensai-je tout haut, quand il mourut à Cholet, sous les baïonnettes vendéennes.

— Je connais ça, dit Télégraphe. Je l'ai lu sus les images. Mais le tambour, lui, y allait pour la gloire. C'était en plein temps de guerre ; il était chauffé à blanc. Il se disait : « On me crève, mais je vais être bath en crevant. » Tandis que mon vieux petit Piston s'est fait coucher pour ses quatre francs : c'était compris dans son ouvrage. Il est mort pour ces deux cochons de rosbifs qu'il ne connaissait pas, mais avec qui qu'il s'était engagé, et qui s'étaient fiés en lui.

WILLIAM

— William ?

— Qu'est-ce qu'il y a ?

— Tu peux entrer... Pourquoi n'entrais-tu pas, imbécile ?

— Je croyais que Robert était encore dans ta chambre.

— Comment ? Robert ? Il est neuf heures. Il vient de partir à Caen en auto. Il fallait qu'il y soit à dix heures. Il voulait m'emmener ; mais j'ai dit que j'étais fatiguée.

— Il revient déjeuner ?

— Oui. Tu sais qu'il doit s'en aller dans deux jours à Biarritz, voir sa femme. On sera un peu tranquille... Embrasse-moi... Qu'est-ce que t'as, gros ?

— Rien, rien.

— T'as quelque chose.

— Qu'est-ce que tu veux ? Je m'embête d'être encore sans le sou, encore et toujours. Voilà un an que je suis, chaque matin, à la veille d'être riche, avec ce sacré brevet d'accumulateur que je vendrai certainement. Je l'ai payé quinze cents francs et je le vendrai... je ne sais pas, moi... un million comme rien du tout... En attendant, je suis obligé de me faire héberger par Robert, que je trompe avec toi... Quelle vie ! Hier soir, je suis revenu du Casino avec quarante sous, que j'ai gardés précieusement pour acheter des journaux ce matin. Je dois même quatorze sous au petit crieur.

— Coco, franchement, voyons, tout ça, ce n'est pas ma faute. Je t'ai encore prêté cent francs, hier. Pourquoi as-tu été les perdre aux petits chevaux ?

— Je n'ai pas été les perdre aux petits chevaux. Je les ai employés à des choses qui m'étaient indispensables.

— Et puis, tu n'as vraiment pas besoin d'aller dîner dehors et de dépenser de l'argent au restaurant, puisque tu es l'invité d'ici.

— C'est ça. Je suis nourri. Je le sais que je suis nourri. Tu n'as vraiment pas besoin de me le rappeler.

— Je voudrais bien te prêter encore, moi, si j'avais de quoi... Mais je n'ai plus rien. Je n'ai déjà pas payé la note du tapissier avec les trois mille francs que Robert m'avait remis pour ça. Comment cette affaire s'arrangera-t-elle ? Je me le demande !

— Ne te tourmente pas. Je te rembourserai avant peu, peut-être d'ici huit jours, tout ce que je te dois, et tu paieras

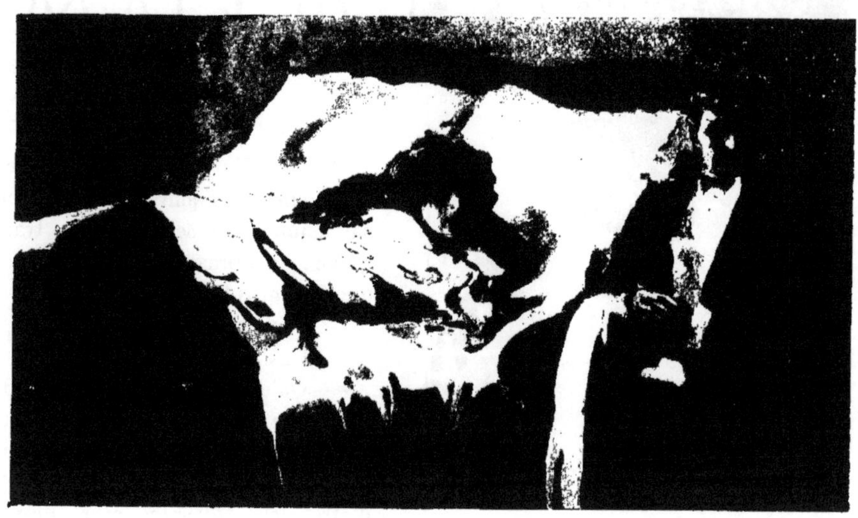

— ÇA M'EMBÊTE, JE TE DIS, D'ÊTRE SANS LE SOU.

— Méchant ! Ce que j'en dis, c'est parce que je voudrais t'avoir davantage auprès de moi... Oh ! voilà qu'il fait encore la tête.

— Ça m'embête, je te dis, d'être sans le sou. Et ça m'embête de te taper. Je te dois déjà cinq mille sept cents francs.

— Je ne sais pas....

— Moi, je le sais. J'en tiens un compte scrupuleux, tu peux m'en croire. Alors, tu comprends, je trouve que c'est suffisant. Je me suis fait le serment de ne plus rien te demander.

le tapissier... Mais ma dette ne s'augmentera plus, j'y suis résolu... Donne-moi encore seulement dix louis, et j'arrête le compte.

— Dix louis, Coco ! Mais où est-ce que je les trouverais ? Je n'ai rien, rien. Je ne pourrais même pas te donner un louis.

— Tu vas m'offrir quarante sous tout à l'heure.

— Que tu es méchant.

— L'autre jour, tu m'as bien offert dix francs. Et j'ai dû les prendre, d'ailleurs !

— C'est tout ce que j'avais.

— Allons, je m'en vais à pied jusqu'à Villers ; je déjeunerai chez mon oncle.

— Écoute, Coco. La cuisinière va rentrer du marché. Il doit lui rester une trentaine de francs. C'est tout ce qu'il y a dans la maison. Je te les donnerai quand tu rentreras déjeuner. Comme ça, je serai sûre que tu déjeuneras avec moi !

— C'est ce qui s'appelle tenir les gens.

— Oh ! qu'il est méchant !

***

— *Damandez la « Jornal !... » La « Vélô !... » L'« Allo-Vélô !... » Damandez... la « Jornal ! »*

— C'est à cette heure-ci que tu arrives sur la plage ?

— Il n'est pas midi, mon baron.

— Tiens, donne-moi celui-là... et puis celui-là... et puis ces deux-là...

— Ça fait neuf sous.

— Et quatorze sous que je te dois d'hier ?

— Je m'en rappelais plus. Vous n'êtes pas carottier, marquis.

— Petit dégoûtant ! Si tu ne mettais pas ta monnaie dans ta bouche ? Je ne veux pas de ces dix sous-là. Ils sont tout mouillés.

— J'essuie la pièce après mon panetot.

— Il est crasseux, ton panetot. Garde ta pièce, et donne-moi un journal illustré... Sers d'abord ce monsieur... Tiens ! mais... Bonjour, mon capitaine...

— Bonjour... Eh bien ! qu'est-ce que vous devenez ? Vous n'êtes pas venu faire un stage cette année ?

— VOUS N'ÊTES PAS CAROTTIER, MARQUIS.

— Ah ! mon capitaine, ce n'est pas l'envie qui m'en a manqué. Mais j'ai été très occupé par des affaires industrielles... importantes.

— Ah ! vous avez gagné des monceaux d'or ?

— Non, mon capitaine; mais je suis en train d'en gagner.

— Heureux veinard !

— Oh ! vous êtes bien plus heureux que moi, mon capitaine. Quand on a la satisfaction d'être un brillant officier et un cavalier pas ordinaire... Vous ne manquez de rien. Et vous êtes bien plus tranquille que si vous aviez une fortune et des succès. Vous voilà ici pour la saison ?

— Non ; je suis venu faire un tour. Je repars à cinq heures.

— Mon capitaine, vous allez me faire un grand plaisir. Vous allez déjeuner avec moi ?

— Oh ! vous êtes bien gentil. Vous êtes installé ici ?

— Je suis chez des amis. Mais nous déjeunerons ensemble à l'hôtel de Paris.

— Écoutez, si je n'abuse pas, j'accepte avec plaisir.

— A une heure, n'est-ce pas ? Ce n'est pas un peu tard ?

— Non. Parce que j'avais justement l'intention de prendre un bain de mer. A une heure donc...

— A une heure, mon capitaine. Et enchanté de vous avoir.

***

— Tiens ! William. Tu ne viens pas jusqu'à la jetée ?

— Non, monsieur Gaston, je ne viens pas avec toi. Je remonte à la maison. Il faut que je sois à une heure à l'hôtel de Paris. J'ai à déjeuner le capitaine de Riquet de Frestours, l'ancien instructeur de Saumur.

— Dis donc, espèce de cochon, tu pourrais bien m'inviter aussi.

— Une autre fois. Veux-tu lundi ?

— Tu ne me trouves pas assez chic pour ton capitaine ?

— T'es bête. Mais il ne te connaît pas. Vous ne voyez pas le même monde. Et puis, nous avons un tas de souvenirs communs. Tu t'embêterais avec nous...

— Tais-toi. Tu n'es qu'un snob. Tu es fier d'avoir à déjeuner un capitaine de dragons, tu veux l'épater, faire le grand seigneur avec lui, commander un déjeuner chic, et qu'il te considère comme un type galetteux. Au revoir, sale snob ! Ah ! tu me dégoûtes bien.

***

— Te voilà, Coco. Tu es gentil, mon Billy. Tu n'es pas en retard pour le déjeuner. Figure-toi que Robert n'est pas encore rentré. Mais quelle tête fais-tu encore ?

— Oh ! ce n'est rien. Il n'y a pas de quoi se frapper. Aujourd'hui, faute de cinq louis, je manque simplement ma fortune. Voilà tout... Ça n'a qu'une importance relative. D'ailleurs, tu te fiches bien de ce que je te dis. Tu ne m'écoutes même pas.

— Mais si, Coco, je t'écoute.

— Oh ! puis, je ne sais pas pourquoi je te raconte ça ! Tout à l'heure, sur la plage, je rencontre, providentiellement, je peux le dire, un monsieur très riche et qui, je le sais, cherche des affaires industrielles pour y placer des capitaux. Il n'est ici que pour quelques heures. Si je pouvais l'avoir avec moi, l'allumer... Mais il faudrait pouvoir lui dire : « Venez donc déjeuner. » Et pour ça, pour cette occasion capitale, je n'ai pas le sou sur moi.

— Tu m'as demandé trente francs, Coco, les voilà.

— Qu'est-ce que tu veux que je fasse de trente francs, mon pauvre petit ? Il faut que je lui paie un déjeuner à la hauteur, à ce monsieur-là, et que je ne sois pas tout le temps préoccupé par l'addition. Je ne suis pas très connu. Et si je disais au maître d'hôtel : « Je paierai en passant », je risquerais d'avoir un affront. Garde tes trente francs, ma petite. Ils te seront plus utiles qu'à moi. Il vaut mieux se résigner. C'est l'indice d'une guigne affolante, vois-tu, que le hasard m'envoie une si belle occasion de faire fortune que je n'en puisse pas profiter. Ma foi, tant pis ! Je me résigne. Je mourrai dans la peau d'un purotin. J'espère bien que ce sera le plus tôt possible.

— Mais pourquoi ne demandes-tu pas quelque chose à Robert ? Tu sais qu'il t'aime bien.

— Tais-toi ! J'aime mieux ne pas parler de ça avec toi, ma pauvre fille. Tu n'as aucun sens moral. Pour rien au monde, je n'emprunterais un sou à Robert. Si tu ne comprends pas ce sentiment-là, tant pis pour toi !

— Oui, tu te gênes avec lui, tu es fier ? Avec moi, tu n'es pas fier... Non, ce n'est pas ça que je veux dire. Je veux dire que ça t'est égal de te montrer à moi aussi pauvre que tu es. Je ne te le reproche pas, Coco. C'est la preuve que tu m'aimes bien.

— Oui, je t'aime bien. Et tu m'aimes bien. C'est entendu. Pourvu que tu m'aies à toi, tu es contente. L'important est que je sois là. Maintenant, que je sois heureux ou malheureux, cruellement malheureux, ça t'est égal.

— Méchant... Mais qu'est-ce que tu veux que je fasse ?

— Rien, mon petit Coco. Tu ne peux rien faire... Je n'ai qu'un parti à prendre. C'est de rentrer à Paris demain.

— Oh ! tu me dis ça pour me faire peur !

— Ah ! je te dis ça pour te faire peur ! Eh bien ! tu vas voir ! Ce n'est pas demain que je partirai, c'est ce soir. Et veux-tu que je te dise ? Je ne voulais même pas te prévenir. Et sais-tu d'où je viens ? Du bureau d'omnibus pour faire prendre ma malle, pendant que tu n'y serais pas.

— Oh! ne dis pas ça, William. Tu me fais mal ! Tâte mes mains. Tu vois ! elles sont toutes froides.

— Tu as tort de te mettre dans des états pareils. Mais, à mon tour, je te dirai : qu'est-ce que tu veux que j'y fasse?

— ...Écoute, Coco. La femme de chambre m'a remis, hier, cent vingt-cinq francs à garder, qu'elle doit envoyer à ses parents pour leur terme, avant la fin de la semaine. Tu vois que c'est de l'argent sacré. Elle va me les redemander peut-être dans deux jours.

— Dans deux jours ! Mais, mon petit Coco, je te les rendrai demain matin, s'il le faut. Je te les rendrai ce soir. En cas de besoin, je n'ai qu'à faire un saut jusqu'à Villers, et à les demander à mon oncle.

— Tu m'as dit, l'autre jour, quand je t'ai donné trois cents francs, que ton oncle ne voulait absolument rien te prêter.

— Dans une circonstance très grave, en le lui demandant d'une certaine façon, je te réponds bien qu'il ne pourra faire autrement.

— Alors, je vais te remettre soixante-dix francs. Ça fera cinq louis avec les trente francs de la cuisinière.

— Non, ces trente francs-là, c'est en dehors.

— Comment ? c'est en dehors ?

— Oui... Il faut que je les envoie à Paris par mandat télégraphique ; sans ça, c'est le protêt. Et, en ce moment, avec mes grandes affaires en train, il ne s'agit pas d'avoir des protêts. Donne-moi les trente francs, et puis les cent vingt-cinq francs. Du moment que c'est un dépôt qu'il faudra rendre intégralement, ça ne te sert à rien de n'avoir pas la somme complète.

— Alors, il ne me reste rien pour moi?

— Voyons, petit. Je pense bien que tu n'avais pas l'intention de toucher à cet argent de la femme de chambre. Je ne t'en prive donc pas. Mais je ne veux pas que tu sois sans argent ; on ne sait pas ce qui peut arriver : prends cette belle pièce de cinq francs ; tu vois, elle est toute neuve. Bonne petite cocotte que tu es ! C'est vrai qu'elle est bonne, cette chérie ! Ce que tu fais là m'a touché aux larmes... Comme c'est bête aussi de t'ennuyer avec mes chagrins... Quand j'ai quelque chose qui me tracasse, je devrais le garder pour moi, je le sais. Mais cacher. Il faut que je t'associe à toutes mes tristesses... Et sais-tu, Coco, qu'il faut que j'aie en toi une confiance sans limite pour accepter ainsi de toi des services d'argent ? Car, si cela se savait, ça pourrait être très mal interprété... Oui petite fille, le monde est méchant. On apprendrait que nous sommes bien ensemble, et que, d'autre part, tu me prêtes de l'argent, on dirait tout de suite que tu m'entretiens. Les gens ne sont pas forcés de savoir que les deux choses n'ont aucun rapport, que je suis ton amant parce que je t'aime, et que tu me prêtes de l'argent parce que je suis gêné, et que, d'ailleurs, cet argent, je te le rendrai d'un moment à l'autre. Et même, tu ne seras pas fâchée de retrouver tout à coup quelques billets de mille francs, que tu aurais certainement jetés par la fenêtre... Oh ! petite fille ! il est une heure moins dix !... Au revoir, bonne cocotte !

— Au revoir, Coco. Bonne chance !

— Bonne chance ?

— Pour ton affaire...

— ... Ah ! oui !

A MAITRE LE GÉVAUDAN, AVOCAT A LA COUR D'APPEL DE PARIS

Nouméa, 7 février 1897.

Maître,

Voici le récit complet des événements dont je vous parlais dans ma dernière lettre. Vous y trouverez tous les renseignements nécessaires pour votre dossier.

***

Notez d'abord que je m'appelle Pierre-Louis Brond, que j'ai trente-neuf ans depuis le 1er décembre et que je suis né à Lyon. J'ai perdu ma mère quand j'étais tout enfant. Mon père, qui tenait une petite épicerie dans ma ville natale, est mort il y a environ dix-huit mois. J'ai une sœur qui est mariée à Lyon.

Depuis l'âge de dix-neuf ans, j'étais brouillé avec ma famille. J'ai été employé aux écritures dans diverses maisons, mauvais employé, car j'étais paresseux, et j'arrivais tard au bureau. Aussi de 1880 à 1885, me suis-je trouvé sans place. J'ai vécu d'expédients, de paris aux courses. J'ai vendu des journaux et distribué des prospectus. Mais les agences de publicité m'employaient peu, parce que mes vêtements étaient vraiment trop minables. Et puis je n'aimais pas me lever matin.

Aux courses, j'avais fait la connaissance de deux bonneteurs, Henri et Jules, et de leur amie, une petite fille de dix-huit ans, qu'on appelait la Poire. Henri et Jules cambriolaient dans la banlieue. Ils m'associèrent à deux de leurs expéditions. Ils dévalisèrent deux villas ; une à Billancourt, et une à Auteuil. Je faisais le guet devant la grille. La Poire était à cent mètres de là, au tournant d'une rue. Elle allait de long en large, soi-disant pour accoster les passants. Elle faisait le guet, elle aussi, et retenait, par des plaisanteries, les sergents de ville.

Pour prix de mes services, Henri et Jules me donnèrent des sommes dérisoires, une fois trente sous, et l'autre fois quarante-huit sous. Aussi l'idée me vint-elle d'opérer à mon compte.

J'habitais depuis le mois de juillet

1884, rue Bédex, près de la porte d'Aubervilliers, dans un hôtel de misérable apparence, qui s'intitulait, je ne sais pourquoi, Hôtel des Fondeurs. Il n'y venait que des filles et des déchargeurs de bateaux.

Le mois de mars 1885 fut chaud et sans pluie. L'après-midi, je m'en allais en exploration dans la grande banlieue, du côté de l'ouest, passé Saint-Germain. Parfois j'étais trop fatigué pour rentrer à Paris : je restais couché dans la campagne, dans une gare ou sous un appentis.

J'entrais dans les villas pour demander la charité, et surtout pour faire une enquête sur le nombre des habitants. On me renvoyait le plus souvent. Mais, visitant une quantité de maisons dans ma journée, j'avais toujours à la fin une dizaine de sous d'aumônes, et beaucoup de pain rassis. J'en mangeais le plus que je pouvais ; je distribuais mon superflu à des vagabonds ; j'offrais des croûtes aux chiens errants et j'émiettais la mie à des oiseaux.

Parfois, la servante du logis avait l'imprudence de me laisser seul dans la cuisine. Mais il était rare qu'un objet facile à dissimuler se trouvât sous ma main. Un jour seulement, je ramassai une petite jatte de grès, que je vendis un sou à un autre mendiant.

Enfin, un après-midi, à Écueil, près de Poissy, une vieille dame me reçut avec bienveillance. Elle était courte, très grosse, et n'avait presque pas de cheveux. Elle s'occupait d'œuvres de charité et me parla longuement : elle me conseilla de m'adresser de sa part à une société de Paris qui procurait du travail. Elle me parlait dans sa cuisine, où une bonne, grosse comme sa maîtresse et plus courte encore, épluchait des légumes. Pendant tous les discours de la dame, tout en hochant la tête avec complaisance, je regardais autour de moi. Il n'y avait pas de verrou de sûreté à la porte d'entrée. La grille du jardin était basse. Les maisons voisines étaient inhabitées. Sur les cent sous que me remit la dame, j'achetai un couteau à virole.

JE DISTRIBUAIS MON SUPERFLU A DES VAGABONDS...

Je résolus d'agir sans retard. Il était trois heures (c'était le 21 mars), quand je quittai la maison d'Écueil. Je pris le train à Poissy pour

Paris et j'arrivai à mon hôtel vers sept heures du soir. Je demandai ostensiblement un bougeoir à la patronne et je lui dis que j'allais me coucher.

Je restai dans ma chambre jusqu'à huit heures et demie. J'avais dans un tiroir une pince-monseigneur rouillée et un long crochet. Henri le bonneteur m'avait fait cadeau de ces deux outils, et, un soir, sur la serrure de ma chambre, il m'avait montré la façon de m'en servir.

Je descendis donc à huit heures et demie : je savais qu'à ce moment le garçon d'hôtel et la patronne étaient à dîner, et qu'il n'y avait plus personne dans la petite loge qui s'ouvrait sur le couloir.

J'eus la pensée de me rendre à Poissy à pied pour éviter les témoignages possibles des employés de gares. Mais ne m'étais-je pas créé un alibi suffisant ? Et d'ailleurs, j'aimais mieux encourir ce risque que d'affronter les quatre heures de route qui m'étaient nécessaires pour gagner Poissy.

Je pris donc le train de neuf heures quarante à la gare Saint-Lazare. A dix heures trente-cinq, je descendis à Poissy. J'avais un quart d'heure de chemin pour parvenir jusqu'à la maison d'Écueil. Quand j'y arrivai, je vis qu'une fenêtre était éclairée au rez-de-chaussée et qu'une persienne, au premier étage, se rayait de lumière. La bonne était encore à la cuisine et la maîtresse était dans sa chambre. Je m'éloignai pendant quelques minutes. A mon retour, la fenêtre du premier était toujours éclairée, ainsi qu'une petite lucarne au second. La bonne était en train de se coucher. Je remontai pour passer le temps jusqu'au prochain coude de la route. Puis je revins jusqu'à la grille. Comme une horloge sonnait onze heures et demie, je vis en passant devant la maison que la lucarne de la bonne ne brillait plus. Mais la persienne du premier étage était toujours rayée de lumière : la vieille dame devait lire dans son lit. Minuit sonna, et minuit et demi, sans que disparût la lumière protectrice. Je ne quittais plus la grille et j'épiais la fenêtre. Allait-elle luire toute la nuit, allais-je être forcé — et vraiment je le souhaitais peut-être — de revenir sur mes pas, à ma vie misérable et tranquille ?

Je ne pouvais plus croire que la fenêtre s'éteindrait. Je ne guettais plus dans le silence que l'avertissement prochain du clocher, qui allait sonner une heure. Mes yeux néanmoins restaient fixés sur la façade. Soudain je me sentis tressaillir. La fenêtre s'était éteinte brusquement, comme un œil qui se ferme, en signe d'acquiescement.

J'attendis encore une dizaine de minutes : il fallait que la vieille dame s'endormît tout à fait. Enfin j'escaladai la grille et je sautai dans le jardin.

Le sol discret ne criait pas sous les semelles trouées et amincies de mes bottines. J'arrivai jusqu'à la porte d'entrée. J'introduisis dans la serrure mon long crochet rouillé. La serrure joua rès bien: la porte s'ouvrit et je pénétrai dans la petite antichambre, d'où un escalier tournant montait au premier étage.

J'ôtai alors ma veste et mon gilet : ainsi le sang ne rejaillirait que sur ma chemise. Puis j'allumai un petit bout de bougie que j'avais emporté dans ma poche. Je l'avais saisi dans la main gauche entre le pouce et l'index ; dans l'autre main, je tenais mon couteau à virole, grand ouvert.

Comme j'arrivais en silence au haut de l'escalier, quelqu'un dans la maison parla. Je pensai que c'était la voix de la vieille dame. Elle demanda :

JE REVINS JUSQU'A LA GRILLE.

— C'est vous, Jeanne ?

Je répondis à demi-voix .

— Oui !

J'espérais que, rassurée, elle allait se rendormir. S'inquiéta-t-elle cependant d'entendre sa bonne descendre à cette heure tardive ? J'avais éteint ma bougie, et je restai debout contre la rampe, retenant mon souffle. Soudain la lumière envahit le palier. La porte, devant moi s'était ouverte, et la vieille dame, en toilette de nuit, était apparue, un bougeoir à la main, dans l'embrasure. Je fis un pas en avant et frappai devant moi presque au hasard. La grosse femme tomba à terre en travers de la porte, en poussant un cri mince, comme un cri d'enfant.

Le bougeoir qu'elle tenait à la main s'éteignit en roulant. Je cherchais dans l'obscurité mon bout de bougie, lorsque j'entendis grincer une porte, à l'étage au-dessus. L'escalier s'éclaira faiblement par en haut. Un pas lourd descendit les marches. Effacé contre le mur, je vis arriver à moi la bonne de la vieille dame. Elle avait une camisole blanche et une jupe rouge. Elle tenait à la main une petite lampe dont la lumière fit sortir de l'ombre mon visage, que je sentais tout rouge et tout en sueur.

La bonne eut un mouvement de recul. Elle m'avait certainement reconnu. Je vois très bien sa grosse figure douce

LA GROSSE FEMME TOMBA...

Elle posa la lampe à terre et joignit les mains. Je la frappai de mon couteau à l'épaule. Elle tomba, sans crier, sur les marches.

Je pris alors la lampe et j'entrai dans la chambre de la vieille dame, en enjambant le corps.

La porte d'un petit secrétaire fracturée

je découvris dans un tiroir deux billets de cent francs et cent dix francs en pièces d'or. J'y vis quelques bijoux sans valeur, un collier de corail, une vieille alliance tout usée. Ces objets-là pouvaient me compromettre : je pris l'argent et laissai les bijoux.

A ce moment, la vieille dame poussa un gémissement, une plainte douce. Où avais-je mis mon couteau à virole ? En portant les yeux autour de moi, je vis, sur un petit guéridon, un poignard à lame courte et large. Le manche en était en métal très lourd, richement incrusté de pierres brillantes. Je saisis ce poignard, je l'enfonçai dans le cou de la vieille dame. Puis, après avoir essuyé la lame sur le tapis, je mis l'arme, qui me paraissait précieuse, dans ma poche.

Je descendis l'escalier avec précaution. En bas, je soufflai la lampe, je remis mon gilet et mon paletot, que j'avais accrochés à la pomme de la rampe. Puis, je quittai la maison après avoir refermé la porte avec soin.

Il soufflait un petit vent frais. La rue était toujours déserte. J'escaladai la grille et je me dirigeai du côté de la gare. Il était trois heures moins vingt à l'horloge. Je lus l'horaire des trains sur une affiche : le premier train pour Paris passait à cinq heures vingt, je résolus de l'aller prendre à la station précédente, à quatre kilomètres de là. Voilà qui détournerait les soupçons.

Avant de me mettre en route, je m'arrêtai un instant au bord du chemin. J'écartai mon gilet et ma veste, et je constatai que ma chemise était ensanglantée. J'avais également une petite tache sombre sur mon pantalon, mais elle ne se remarquait pas.

Rien, selon moi, ne pourrait me faire soupçonner. La patronne de l'hôtel m'avait vu monter chez moi la veille pour me coucher. Je rentrerais à l'hôtel sur le coup de neuf heures. Personne ne m'apercevrait : à ce moment, la patronne était aux provisions, les déchargeurs de bateaux étaient partis depuis l'aube, et les filles étaient encore couchées.

A propos de rien, je me mis à claquer des dents. C'était sans doute le froid. Alors, comme je fourrais mes mains dans mes poches, je sentis le manche incrusté du poignard qui m'avait servi à achever la vieille dame. C'était là un objet compromettant et dont je n'arriverais pas, malgré sa valeur, à tirer un bon prix : mieux valait le jeter quelque part. J'avisai, non loin de la gare, un puits abandonné. Je l'y laissai tomber, et m'éloignai.

Tout en marchant, je calculais ce que m'avait rapporté mon crime : exactement trois cent dix francs. Après les piteux résultats de mon association avec les bonneteurs, cette somme me paraissait satisfaisante. J'avais pourtant accompli là un dur métier, avec de gros risques, des dangers graves. J'ai beaucoup réfléchi là-dessus par la suite, et je pense que le meilleur frein pour retenir les criminels et les détourner du crime, c'est encore l'aléa et le peu de profit de ces sortes d'affaires.

A peine monté dans le train, je m'endormis. Et, presque aussitôt je me réveillai à la gare Saint-Lazare, dans le jour maussade, la bouche pâteuse, brisé de fatigue. Il était six heures et demie. J'allai prendre quelque nourriture dans une crémerie. Je remontai tout doucement vers la rue Bédex. Dans une chemiserie du boulevard extérieur, je fis l'emplette, vers huit heures, d'une chemise de cretonne, pour remplacer celle que j'avais sur moi, et qui était tachée de sang. Je me souviens aussi que j'achetai les livraisons d'un roman illustré dont on avait distribué pour rien les seize premières pages.

J'avais résolu de passer la journée dans mon lit, à me reposer et à lire. C'était surtout dans cette idée que j'avais volé et tué : pour n'avoir plus rien à faire, pour rester couché toute la journée. Mais, à cette heure, possesseur d'un petit magot, j'avais des vélléités d'économie, je voulais ne pas trop l'entamer : dès le lendemain, je chercherais du travail.

Tout à ces réflexions, j'arrivai à l'angle de la rue Bédex et de la rue d'Aubervilliers. Mon logis était à quatre ou cinq maisons de là. Mais alors se présenta un spectacle très inquiétant.

Un rassemblement s'était formé devant l'Hôtel des Fondeurs ; il y avait bien là une cinquantaine de personnes. Je vis une voiture et plusieurs sergents de ville. Toutes sortes d'idées me traversèrent la tête en quelques secondes. On était, sans nul doute, entré là-bas dans la maison de la vieille dame. J'avais peut-être laissé tomber, en retirant ma veste, une enveloppe. On avait fait jouer le télégraphe... Enfin j'étais découvert. C'était clair.

Je fis instinctivement un pas en arrière et m'apprêtai à rebrousser chemin. Un petit homme à barbiche noire, vêtu d'un chapeau de feutre et d'un pardessus marron, se dressa devant moi.

— Vous êtes Pierre Brond ?

Je ne répondis rien.

— Je vous arrête.

Il fit signe à deux sergents de ville, qui me prirent chacun par un bras.

***

On me conduisit jusqu'à la porte de l'hôtel. Les agents qui se trouvaient là écartèrent la foule. Au milieu de vives clameurs, j'entrai dans la maison.

L'inspecteur qui m'avait arrêté s'adressa alors à un monsieur qui se trouvait dans la loge de la patronne :

— Je le tiens.

L'autre répondit :

— Faites-le monter.

Je n'avais pas soufflé mot depuis mon arrestation. On me fit monter au premier étage et on me poussa dans une chambre. Le corps d'une jeune femme était étendu sur le lit.

Je ne puis dire exactement ce que j'éprouvai à cette vue. J'avais les idées brouillées comme dans un rêve. Ce cadavre n'était pas le cadavre de ma victime. Ce crime n'était pas le mien. Je crois que j'eus une bonne contenance. Je restai ahuri et calme, peut-être plus calme qu'il n'eût fallu. Je fis, au bout d'un moment, cette question simple et un peu tardive. :

— Pourquoi m'arrêtez-vous ?

Et j'ajoutai :

— Quelle est cette femme ?

Un monsieur à barbe grise, en chapeau haut de forme, se trouvait là. On lui remit le paquet qu'on avait saisi sur moi au moment de mon arrestation ; c'était la chemise de cretonne que je venais d'acheter.

— Emmenez-le à côté, dit le monsieur à barbe grise, fouillez-le et déshabillez-le.

En me fouillant, on trouva dans mes poches près de trois cents francs et l'on aperçut de larges taches de sang sur ma chemise. On rapporta ces faits au commismissaire. Puis on me conduisit au Dépôt.

Au cours de l'instruction, j'appris, détail par détail, le crime dont on m'accusait d'être l'auteur. Vers minuit, la patronne avait entendu au-dessus de sa tête un bruit de meubles remués. Peu après, quelqu'un était descendu et avait demandé le cordon. Puis des plaintes, des gémissements s'étaient fait entendre en haut. Le garçon d'hôtel s'était levé. Une porte du premier étage se trouvait entrebaillée : le corps d'une fille qui habitait l'hôtel gisait à terre. Les tiroirs de la commode étaient ouverts. Le matelas était éventré.

Parmi les locataires de l'hôtel, accourus tous aux cris du garçon, comment remarqua-t-on mon absence? La patronne était bien sûre que j'étais rentré la veille à l'hôtel. D'autre part, elle ne sut dire si la fille tuée était, la veille au soir, rentrée seule, ou accompagnée. On alla frapper à ma porte : rien ne répondit. On ouvrit ma porte avec un passe-partout : ma chambre était vide. Or, même dans cette maison louche, mes mauvaises fréquentations n'avaient point passé inaperçues. Henri le bonneteur avait sa réputation établie dans le quartier. Quand le commissaire arriva, tout ce monde avait son opinion faite : l'assassin, c'était Pierre Brond, et mon signalement fut donné aux agents.

Il arrive fréquemment, on le sait, qu'une espèce de curiosité perverse ramène les assassins sur le lieu du crime : c'est ce qu'avait escompté l'inspecteur en faisant surveiller les abords de l'hôtel.

ON APERÇUT DE LARGES TACHES DE SANG...

Devant le juge instructeur, je niai obstinément, mais l'argent qu'on avait trouvé sur moi, mais les taches de sang de ma chemise constituaient des charges accablantes. Et quand le magistrat me demandait : « Où étiez-vous pendant la nuit du 21 au 22 mars si vous n'étiez pas à l'hôtel des Fondeurs ? » je ne pouvais pourtant pas lui répondre qu'au moment précis où l'on tuait ma voisine d'hôtel, j'assassinais deux autres femmes à huit lieues de Paris, entre Poissy et Orgeval.

Mon crime supposé ne fit pas de bruit dans la presse. L'assassinat d'une fille dans un hôtel borgne, le peu de mystère qui avait plané sur cette affaire, il n'y avait rien là qui pût retenir l'attention publique. Par contre, j'ai su que mon vrai crime, celui dont j'étais l'auteur anonyme avait soulevé beaucoup d'émotion. J'ai appris que ma victime était la veuve d'un sculpteur célèbre. J'ai appris encore que la servante avait survécu à sa blessure. Revenue à elle, elle avait donné de mon agression un récit très détaillé et très exact. Elle m'avait parfaitement reconnu pour le vagabond qui, l'après-midi même, était venu demander la charité. Elle fournit de moi un signalement complet, et je fus recherché partout, sauf à la Conciergerie. J'appris également — retenez ce détail — qu'on avait remarqué la disparition du poignard à manche incrusté, à lame large et courte, avec lequel j'avais achevé la victime et que j'avais jeté au fond du puits.

Je comparus devant la Cour d'assises. Faute de pouvoir fournir un alibi ma condamnation semblait certaine. Je fus sur le point d'avouer mon véritable crime. Mais je résolus de ne parler qu'en cas de condamnation à mort. Mes dénégations impressionnèrent les jurés : ils m'accordèrent des circonstances atténuantes ; je fus condamné aux travaux forcés à perpétuité.

***

Je vous écris donc de la Nouvelle, où je suis depuis onze ans. Ma conduite n'a pas été mauvaise. Je suis commis aux écritures, à l'économat du pénitencier. Je ne me trouve pas trop malheureux. Mais j'ai un grand désir de rentrer en France. La loi m'en fournit le droit et je veux en profiter.

Je m'explique : le dernier acte judiciaire concernant le crime d'Écueil porte la date du 10 août 1886. (Un de mes camarades, employé au parquet de Paris, m'a fourni ce renseignement très sûr.) *La prescription m'est donc acquise, aux termes de la loi, et je fais valoir aujourd'hui l'alibi que je ne pouvais invoquer jadis.* J'établirai que je n'ai pu être l'auteur du crime de la rue Bédex, puisque, cette même nuit du 21 au 22 mars 1885, j'étais, à huit lieues de là, en train de commettre le crime d'Écueil. La servante que j'ai blessée m'a reconnu et me reconnaîtra encore, car j'ai très peu changé. Elle est aujourd'hui concierge à Neuilly, je vous donnerai son adresse. On retrouvera certainement, au fond du puits abandonné, près de la gare, le poignard au manche incrusté, que j'y ai jeté voilà tantôt douze ans.

Je puis donc obtenir la revision de mon procès, en fournissant du même coup la preuve de mon innocence dans le crime que j'expie injustement et celle de ma culpabilité dans le crime impuni. J'espère, monsieur l'avocat, que vous voudrez bien vous charger de mon affaire, et me répondre à ce sujet par le prochain courrier.

PIERRE-LOUIS BROND,

Employé à l'économat du Pénitencier
à Nouméa (Nouvelle-Calédonie).

LA LETTRE D'AMOUR

Quelle sottise, en pleines vacances, sous un ciel d'une sérénité absolue, devant une mer à peine froissée de petites vagues, quelle misère, pour le jeune Adolphe, d'être ainsi tracassé par un ennui qu'il ne retrouve même pas.

Est-ce qu'il vient de penser à la maladie de sa sœur, qui n'a pu quitter Paris, où elle n'est pas encore remise d'une bronchite ? Non, car il a eu ce souci la veille, toute la journée, si longtemps qu'il y est habitué.

Est-ce qu'il pense à l'argent qu'il doit ? Non, car la fin du mois est très loin encore.

Est-ce parce que son cheval boite ? Non, car si son cheval boite, il n'aura pas besoin de le sortir. Et il sera dispensé quelques jours de l'agrément de monter à cheval.

C'est sans doute qu'il s'est rappelé, en se levant, que c'était aujourd'hui mardi, et qu'il fallait écrire à sa bien-aimée.

Madame Chernuzon était dans les Pyrénées, avec son mari. Elle et Adolphe ne s'écrivaient que tous les trois jours, pour ne pas aller trop souvent à la poste restante. Il avait reçu la veille une lettre de huit pages, qui en valaient seize, car madame Chernuzon avait l'habitude d'écrire dans les deux sens, en large, puis, en long de la page, sur les lignes déjà écrites, ce qui rendait la lecture de ses lettres assez pénible à un lecteur consciencieux. Adolphe avait pris le pli de ne répondre que quatre pages ; mais encore fallait-il qu'elles fussent remplies jusqu'au bout.

Il écrivait de préférence au Casino, parce qu'il y trouvait du papier à entête, où l'on voyait représentée une plage couverte d'enfants et de jolies baigneuses, devant un hôtel beaucoup plus vaste que nature, et orné de drapeaux. Cette vignette, très artistique, occupait une bonne moitié de la première page.

Après son déjeuner, il se rendit donc au Casino à travers les rues étroites de la petite ville normande. Il marchait lentement, pour que la route fût moins courte. Un chien qui grattait le sol l'intéressa. Il s'apitoya sur une petite fille qui pleurait ; car il ne demandait pas mieux que d'avoir de beaux sentiments, s'ils étaient facultatifs.

Il resta un long moment devant la charcuterie à examiner les rillettes de Tours, le veau piqué, et le fromage de tête, et il fallut pour l'en éloigner que le charcutier vînt sur sa porte, avec un sourire de bienvenue. Quelques pas plus loin, il fit concevoir des espérances aussi vaines à un très vieux marchand de jouets d'enfants et, par le nouvel arrêt qu'il fit à une autre boutique, édifia des châteaux chimériques dans l'âme jusque-là résignée d'une dame borgne, qui vendait des casquettes de plage.

IL RESTA UN LONG MOMENT...

Arrivé au Casino, il s'installa sur la terrasse, en face de la mer paresseuse, dont on entendait le souffle tranquille et régulier. Il demanda une demi-glace au café et de quoi écrire. On lui apporta de quoi écrire, implacablement.

Il attendit la glace, désireux de la manger d'abord, pour ne pas interrompre sa lettre.

Mais une glace, dans le plus languissant des casinos, où se traînent les garçons les plus lymphatiques, finit toujours par arriver. Et quand elle est là, il faut la manger, pour qu'elle ne fonde point. Et si petites que soient les cuillerées, si long que soit l'intervalle entre chacune d'elles, on finit toujours par en venir à bout. Il fallut bien prendre la plume, ouvrir le buvard, écrire sous l'hôtel pavoisé :

« Ma chère petite chérie. »

Et après ?

Lui accuser réception de sa lettre :

« J'ai reçu ta bonne lettre, ma petite chérie. »

Ces répétitions ne faisaient pas mal.

« Je l'ai lue et relue, embrassée dix fois, cent fois, mille fois. »

Il aurait pu dire « mille fois » tout de suite ; mais la progression était très utile, et plus éloquente d'ailleurs.

Plus rien à dire sur la lettre reçue. On n'était plus qu'à deux lignes du bas de la page. Il y arriva tout doucement avec quelques véhéments : « Je t'adore ! » espacés par des points de suspension.

Il chercha du papier buvard, avant de retourner la page. Pas de papier buvard. Il en demanda au garçon.

Petit repos.

La page retournée, le pli écrasé avec minutie, il se trouva en présence d'une étendue de papier blanc considérable. Il en eut le mal de mer, et se renversa sur son dossier.

Que lui dire ? L'emploi de son temps ?

Il n'avait guère à lui raconter qu'une promenade en voiture.

« Nous avons été hier en voiture jusqu'à Baquerville. C'est un petit pays assez gentil qui se trouve à huit kilomètres cinq cents. La promenade a été assez morne. Je ne m'amuse décidément pas sans toi. »

Il n'y avait plus rien à lui dire sur l'emploi de son temps, à lui. Mais elle, que faisait-elle ?

« Et toi, petite chérie, que fais-tu ? T'amuses-tu ? Ah ! je suis sûr que, quoi que tu me dises, tu t'amuses loin de moi ! — Et j'en suis tout triste et tout méchant. »

Il avait mis la main sur une petite scène de jalousie, sur des lamentations qui, transcrites d'une plume joyeuse et rapide, l'amenèrent au bas de la page deux.

Au haut de la page trois, il fut de nouveau en détresse. Et, regardant ce qu'il avait déjà écrit, il se reprocha d'avoir trop serré les lignes, pourtant bien espacées déjà.

Il chercha quelques réflexions supplémentaires sur le thème de la jalousie.

« C'est que, vois-tu, l'idée que tu pourrais en aimer un autre m'affole absolument... »

Malheureusement, le garçon, en lui demandant s'il n'avait plus besoin de la carafe d'eau frappée, lui fit perdre le fil de ce développement.

Il posa sa plume et se mit à regarder la mer. Mais la mer a autre chose à faire que de fournir des idées aux gens qui écrivent des lettres. Elle est suffisamment occupée d'elle-même et de ses heures rigoureuses de flux et de reflux.

— Après tout, pensa Adolphe, je n'ai rien à faire jusqu'à cinq heures. Je vais rester là. J'ajouterai, de temps en temps, sans m'en apercevoir, une petite phrase, et j'arriverai ainsi, sans m'en douter, à remplir mes quatre pages.

A ce moment, Charles Tony apparut à l'entrée du Casino, avec sa magnifique casquette d'automobile, qu'il mettait pour jouer au billard.

Cette casquette avait, d'ailleurs, une raison d'être : Charles Tony remettait depuis trois ans pour s'acheter une automobile, dont la force augmentait chaque année de quelques chevaux.

Adolphe et Charles jouaient chaque jour au billard. Chacun d'eux pensait être un peu plus fort que l'autre. Cette rivalité les passionnait, bien plus que le jeu de billard lui-même, qu'ils n'aimaient pas.

Adolphe, en voyant arriver son compagnon de plage, regretta amèrement de n'avoir pas terminé sa lettre. Tony vint s'asseoir à sa table.

— Vous écrivez ?

— Oui, dit Adolphe. Mais j'ai le temps. La levée n'est qu'à cinq heures.

— Finissez votre lettre, dit Tony. Nous ferons un billard.

Il valait mieux, en effet, terminer sa lettre, pour être libre de toute préoccupation pendant la partie.

Adolphe, désespérément, se pencha sur son papier comme un élève appliqué. Mais il ne trouvait plus rien. Il ne pensait qu'au billard de la veille, où il avait battu Tony de douze points. Il le battrait aujourd'hui de vingt points... Comme il n'écrivait toujours pas, Tony se crut autorisé à lui parler.

— Vous avez vu l'accident qui est arrivé ce matin sur la côte, près de Sourdeval ? Cette barque de promeneurs, qui a chaviré... Ce jeune homme de vingt-deux ans dont on n'a pas retrouvé le corps ?

— Non, dit Adolphe, je n'ai pas su...

Et il se mit à écrire avec délices :

« Figure-toi, ma petite chérie, que tout le pays est attristé par un affreux accident. A Sourdeval, tout près d'ici, une barque de promeneurs a chaviré ce matin. Un jeune homme n'a pu être retrouvé. Crois-tu que c'est horrible, ma pauvre amie ? Un jeune homme de vingt-deux ans ! J'ai tout de suite pensé à tes excursions dans la montagne. Ne risque pas ta vie, ma chère petite chérie. Que deviendrais-je sans toi ?... »

Des considérations sur la mort l'amenèrent au bas de la quatrième page, et il fut obligé de mettre dans la marge des baisers, des baisers fous, des baisers tendres, comme si son cœur débordait du papier.

— Il y a déjà quelques années de cela, me dit le petit Tabac.

» C'était un vieux marchand de paniers et de jardinières en osier qui nous avait donné le tuyau. En faisant une tournée autour de Compiègne, il avait remarqué la maison isolée. La veuve V..., qui habitait là, était une vieille timbrée, qui n'avait pas de bonne, et ne sortait jamais de chez elle. Les fournisseurs n'entraient même pas dans la maison. Ils déposaient, qui leurs paquets d'épicerie, qui leur beurre et leurs œufs, sur un banc du jardin, et trouvaient la monnaie à côté, toute préparée.

» Noël le Bosco me dit que puisqu'on nous avait raconté l'affaire à nous deux, on la ferait ensemble, et qu'il était inutile d'en toucher mot à personne. Avec quatre francs qu'il avait, j'achetai une petite malle d'occasion. Je ramassai dans un terrain vague quéques méchants bouts de bois, quéques pavés pour donner du poids, et ne pas transporter le colis à vide à Compiègne ; ce qui, en cas de pétard plus tard, était susceptible de donner une indication.

» On était convenu, en effet, que je ramènerais la malle à Paris, plutôt que de la quitter dans la maison ou dans la campagne. On pouvait s'arranger pour fermer la maison, et faire croire que la vieille était partie en voyage. Moins vite naturellement qu'on ferait du pet sur cette affaire-là, mieux ça vaudrait pour nous. A Paris, nous n'étions pas embarrassés de nous en débarrasser. Nous avions un copain, qui se chargeait de brûler le tout.

» La nuit était presque tombée quand on se présenta chez la vieille. On était venu soi-disant pour lui placer des échantillons de vins. Nous savions qu'elle était sauvage, et nous étions inquiets de savoir si ça prendrait bien, et si elle consentirait à nous laisser entrer chez elle. Ça prit parfaitement. Entrés dans son salon, l'affaire ne fut pas longue à expédier.

IL TENAIT DANS LA MALLE

J'ai vu souvent travailler Noël, mais jamais comme ce jour-là. En un rien de temps, cette dame qui était lourde pas mal, il l'avait empoignée par le cou et l'avait posée sur le canapé comme sur un établi. C'était un fameux ouvrier que ce bossu! Mais ça n'était qu'un ouvrier. Et tout ce qui était combinaisons, précautions, c'était moi qu'il fallait que je l'imagine. Ça m'était bien dû, d'ailleurs, puisque je n'étais pas bon pour la grosse besogne, et que j'avais envie de vomir rien qu'à tenir les jambes de la vieille, pendant que le Bosco lui pesait tranquillement sur le cou.

» Quand le corps ne bougea plus, il nous fit l'effet d'être encore assez gros. Il tenait dans la malle, mais le couvercle venait juste par-dessus, et il ne chahuterait pas dedans; ce qui valait mieux. La malle bouclée, on visita les meubles. On trouva quéque chose comme huit cents francs d'or dans les tiroirs, et on fit tomber encore une vingtaine de petites pièces de cinq francs en retournant une vieille bottine élégante en étoffe grise, où cette originale avait eu l'idée de les carrer. Dans une théière, il y avait des médailles, des bijoux et des papiers de banque écrits en anglais à n'y rien comprendre, et qu'on emporta à tout hasard.

» De travailler, de fureter, de se tourner de droite et de gauche, enfin de se donner du coton, ça empêche de penser à ce qui peut arriver par la suite. Quand on porta la malle tous les deux à la gare et quand on la fit enregistrer, je ne pensais même plus à ce qu'il y avait dedans. Ce qui nous avait décidés à ramener le colis par le train, c'est que je connaissais un copain à l'octroi de la gare du Nord, un appelé Filetet avec qui il n'y aurait sûrement pas de mousse pour la visite, et qui me laisserait emporter mon colis sans le faire ouvrir.

» A Compiègne, on se serra la main avec le Bosco. Il prit le train sur la direction de Tergnier pour aller dire un petit bonjour à sa famille. Dans la maison de la vieille, il avait trouvé dans un coin une gentille poupée en porcelaine qu'il rapportait à sa petite nièce.

» Une fois dans le train, à rester à rien faire, les nerfs se détendent, on n'a plus la surexcitation; on a moins de courage. En passant vers Saint-Denis, en sentant approcher la gare du Nord, j'éprouvai comme une impatience de bouger, et de m'en aller de ce wagon étroit.

» Le train stoppa à n'en plus finir sous un des ponts de La Chapelle... Enfin il arriva au quai. Pendant qu'on descendait les bagages des fourgons et qu'on les amenait dans la grande salle, je filai dans la rue pour arrêter un sapin. Mais ce jour-là, il y avait courses quelque part, à Enghien, je crois. Des tas de trains arrivaient en même temps et les sapins du devant de la gare étaient tous enlevés au passage. Il fallut courir presque jusque vers la gare de l'Est pour en ramener un. Aussi, quand je rentrai dans la salle des bagages, la plupart des colis étaient déjà enlevés. Il n'en restait plus que sept ou huit sur cette espèce de grand comptoir où l'on fait la visite. J'aperçus entre un paquet de linge et un mannequin ma petite malle noire.

ON PORTA LA MALLE...

» Où donc était Filetet, mon pays de l'octroi ?

» Je demandai après lui à un de ses

collègues. Il me répondit que Filetet était malade et n'était pas venu depuis deux jours.

» Je demandai alors à cet employé de venir marquer mon colis, pour que je puisse l'emporter. J'allai jusqu'à la malle, et il s'approchait derrière moi, un bout de craie à la main, quand j'aperçus, de l'autre côté du comptoir, une espèce de vérificateur en chef, avec un képi à trois galons. Il grinchait et il faisait de la rouspète, parce qu'il venait de s'attraper avec une dame pour la visite d'un colis.

» Ma main était posée sur ma malle. Il demanda rudement si je n'avais rien à déclarer, et, sans attendre ma réponse, il me dit d'ouvrir le colis.

» Je sentis sur la nuque une impression pas ordinaire, comme si la peau se rétrécissait. Mes bras se mirent à trembler dans mes manches. Je tapai machinalement sur mes poches comme pour chercher mes clés que je ne voulais pas trouver. Mais un employé était là avec un trousseau. Je jetai un coup d'œil sur la sortie : il y avait des hommes de l'octroi tout le long du chemin et deux encore à la porte. Déjà l'employé essayait les petites clés de son trousseau.

» Je restais là, sans plus savoir où j'étais, bien loin de tous ces gens, et ne pensant plus à rien de rien. Enfin une clé entra dans la serrure et tourna. Le couvercle se renversa en arrière.

» Alors je me mis à rire comme un imbécile : ce qu'il y avait dans la malle, c'était des petits tricots d'enfants, des chaussures, des savons, des faux-cols. Et durant que les employés farfouillaient à travers, je me demandais qui avait pu emporter mon colis véritable, et qui s'en allait maintenant dans Paris avec, à côté du cocher, le corps emballé de la veuve V... Et ce qui est mieux encore, c'est que jamais plus je n'ai entendu parler de cette affaire-là. La personne a-t-elle eu peur de raconter la chose et de s'attirer quelque désagrément ? Je n'en sais rien, mais je pense souvent en rigolant à la bonne figure qu'elle a dû faire, dès qu'elle a ouvert le colis. Dans sa malle à elle, j'ai trouvé ce gilet de laine que je porte depuis trois hivers et qui me tient bougrement chaud.

25 *mars.*

Voici la lettre que j'ai trouvée dans mon courrier de ce matin.

« *Monsieur Nicolas Glaive, fabricant de girouettes d'art, à Paris.*

» Un groupe d'électeurs indépendants, de la circonscription de Montsouris-Sud, connaissant votre passé, tout d'intégrité et d'honneur, ainsi que votre républicanisme éclairé et loyal, a décidé de vous offrir la candidature aux prochaines élections législatives. Vous n'ignorez pas que notre arrondissement est las, à juste titre des violences de langage et des excentricités de notre député, le radical Triquet. D'autre part, il faut éviter d'assurer le succès du candidat modéré et réactionnaire, M. Ajax de Télamon.

» Il y a une majorité considérable à rallier, entre les deux opinions extrêmes.

» J'aurai l'honneur, Monsieur, de vous rendre visite pour recevoir votre réponse, qui nous sera, je n'en doute pas, favorable. Je pense vous rencontrer demain matin, de neuf heures à onze heures.

» HENRI PRENANT,

» Directeur du cabinet d'affaires
» Raulbert-Prenant, fondé en 1822. »

Satisfait, au fond, qu'on voulût bien songer à moi pour un mandat assez envié et qu'on me fournît enfin sur mes opinions politiques des données précises, je n'hésitai point, et résolus d'accepter la proposition de M. Prenant. Député à quarante-huit ans, je pourrais dire négligemment, en sortant, après mon déjeuner, aux passants de connaissance :

— Je vais à la Chambre.

J'écraserais en même temps de mon pardon deux personnes, un sergent de ville du quartier et le secrétaire du commissaire, qui ont été, certain jour, insolents à mon égard. Je voyagerais gratuitement enfin sur la ligne de Chaville, à l'heure du journal du soir

J'ÉCRASERAIS EN MÊME TEMPS DE MON PARDON...

— Votre billet, monsieur ?

— Député.

26 *mars.*

J'ai reçu ce matin la visite de Prenant. Ma première impression, qui est la bonne, m'a fait deviner en lui «quelqu'un d'attaque ». Lui-même me l'a dit, d'ailleurs :

— Je suis d'attaque, a-t-il affirmé dès l'abord.

C'est un homme petit, vif, rornd, noi de moustache et de barbiche. Il connaît dit-il, le quartier de Montsouris-Sud comme sa main (un peu velue). Il émet, sur la politique générale, des réflexions qui me paraissent empreintes d'un bon sens prophétique.

Nous avons parlé chiffres.

— C'est une élection qui vous coûtera cher, me dit-il. Il n'y a pas à vous le dis simuler.

J'ai été d'abord un peu inquiet ; mais le chiffre de sept à huit mille francs, énoncé l'instant d'après, m'a paru raisonnable.

Puis, Prenant a pris congé de moi, en me serrant la main.

29 *mars*

La période électorale étant ouverte, pour prendre rang et imposer mon nom à l'esprit des électeurs, il a fallu préparer et faire afficher les premières bandes.

Cet après-midi, nous sommes sortis,

ma femme et moi, pour voir les affiches, Nous marchions d'un air timide, nous étions presque rougissants, comme si

NOUS SOMMES SORTIS...

nous venions d'accomplir une bonne ou mauvaise action. Nous avons aperçu d'abord de nombreuses bandes de Triquet et de Télamon. Enfin, sur une bande orange et plus large que les autres, j'ai vu mon nom imprimé, en si grosses lettres que j'ai eu du mal à le reconnaître : *Nicolas Glaive, Industriel, Candidat républicain.* Nous avons compté sept de ces affiches. Il doit y en avoir bien davantage dans les rues où nous n'avons pu passer, car on m'a dit qu'on en poserait aujourd'hui deux mille cinq cents.

30 *mars.*

J'ai rédigé ce soir, en compagnie de Prenant, ma circulaire aux électeurs. Je me suis prononcé nettement et catégoriquement sur le privilège de la Banque de France, sur l'élection des juges, sur le prix du gaz. Je me suis déclaré l'ennemi des fâcheuses compromissions, le partisan d'une politique de modération et de progrès. J'ai exprimé le désir de voir la France unie à l'intérieur, respectée à l'extérieur. J'ai adressé un vigoureux appel à tous les honnêtes gens. Sur la question du protectionnisme et du libre-échange, je suis resté un peu dans le vague, comme me le conseillaient Prenant et aussi, je dois le dire, mes convictions les plus intimes.

J'AI EXPRIMÉ LE DÉSIR...

La conférence a duré jusqu'à dix heures du soir. Quand Prenant, emportant mon manuscrit pour l'imprimerie, m'a eu quitté, j'ai cherché dans le Larousse le sens exact de certains mots de ma profession de foi, afin d'être en état de répondre d'une façon un peu précise aux questionneurs, dans les réunions publiques.

2 *avril.*

Je rentre, ce soir, d'une réunion organisée par mon comité dans la salle des fêtes du restaurant Batracien. Coût de la salle : trois cents francs, éclairage compris. Un contrôle sévère a été établi à la porte, pour ne laisser passer que les électeurs munis de leur carte. Il est entré cinquante-deux personnes, que j'ai comptées pendant le discours du président (un professeur d'orthographe phonétique).

— Vous voyez ici, me dit Prenant, la crème des électeurs influents de Montsouris-Sud. Méfiez-vous, ajoute-t-il tout bas, il y a là-dedans beaucoup de gens favorables à Triquet, et j'aperçois aussi des têtes de réactionnaires, venus pour vous prendre en faute.

J'expose mon programme avec une certaine émotion. (Mon succès a été très grand, m'a-t-on affirmé.)

Puis, un des assistants se lève, et me demande si je voterai le maintien du traité de 1845 avec la Suède. Sur un signe de Prenant, je m'en déclare le partisan énergique. C'est d'autant plus méritoire, affirme mon interlocuteur, que ce traité n'existe que dans mon imagination.

Prenant flétrit alors les plaisantins qui s'insinuent en perturbateurs dans les assemblées de gens sérieux. Le perturbateur est dirigé vers la porte. On me vote à l'unanimité un ordre du jour de chaleureuse approbation.

Vingt électeurs, que j'avais remarqués parmi les plus enthousiastes, s'offrent d'eux-mêmes pour venir prendre des bocks au café voisin.

3 *avril.*

Voici ce que j'ai lu dans deux journaux :

« Hier soir, huit cents électeurs, réunis à la salle Batracien, après avoir entendu les déclarations nettement républicaines du citoyen Nicolas Glaive, ont acclamé sa candidature. »

4 *avril.*

Suivant Prenant, qui a dîné avec moi ce soir, mes deux adversaires mènent une campagne « éhontée d'audace ». Triquet a deux hommes à lui, qui « font les coiffeurs ». Ils entrent, sous prétexte de barbe, de coiffures ou de shampooing, successivement chez tous les perruquiers du quartier, et ils endoctrinent le patron, les garçons et la clientèle. Prenant a vu, ce matin, l'un de ces hommes sortir de chez un coiffeur, tout rasé de frais, bien pommadé, avec une belle raie sur le côté. Eh bien ! cet homme est entré sous une porte cochère, a passé vivement son mouchoir sur sa tête, pour ébouriffer sa chevelure. Puis, il est entré se faire recoiffer chez un autre coiffeur.

De son côté, Ajax de Télamon ne reste pas inactif. Il choisit tous les jours, dans le quartier, une autre femme de ménage, qu'il paye largement et qu'il comble de prévenances ; pour que cette femme aille colporter sur son compte un éloge documenté, il lui donne le spectacle des plus édifiantes vertus domestiques ; en présence de cette salariée, il se montre d'une aménité sans égale pour madame de Télamon et caresse avec tendresse des enfants blonds aux cheveux bouclés qui ne sont, paraît-il, que ses neveux. Toujours sous les yeux de la femme de ménage, des gens à lui viennent lui offrir, pour de louches entreprises, des sommes considérables, qu'il repousse avec une noble indignation.

De plus, Télamon a, dans tout le quartier, aposté aux portes cochères des mendiants payés, à qui il distribue de larges aumônes, non sans une discrète ostentation.

— Mais au fait, me dit Prenant, en remettant ses coudes sur la table, pourquoi n'arrêteriez-vous pas un cheval emporté ? On choisirait une bonne heure, le moment où les ouvriers rentrent du travail. On trouverait un cocher complaisant, un cheval pas trop terrible...

J'arrête Prenant. Je préfère un autre mode de propagande, l'affirmation de mes idées de progrès, par exemple, ou l'embrigadement général des marchands de vin.

5 *avril.*

Ma circulaire a été reproduite sur une grande affiche, appuyée par l'adhésion de trente-cinq électeurs : tous mes fournisseurs, deux de mes employés qui habitent le quartier, Prenant et ses camarades. J'ai déjà dépensé six mille huit cents francs ; mais le plus gros des frais est fait, m'affirme-t-on.

6 *avril.*

Les journaux spéciaux de l'arrondissement sont assez doux pour moi. Dans le numéro 7 de l'*Electeur du vingt-deuxième*, fondé il y a huit ans, et qui ne ménage pas Télamon, on m'appelle : cet excellent M. Glaive. Le *Gaulois rose de Montsouris-Sud*, qui attaque Triquet, n'a encore rien dit sur mon compte.

Ah ! quel assaut, après ces journées de calme relatif ! Prenant avait l'air soucieux, en entrant chez moi, ce matin.

— On prépare contre vous une terrible campagne de diffamation.

Que pouvait-on dire contre moi ? Le mur de ma vie privée n'a pas besoin à sa crête de tessons de bouteilles. Il est permis d'y grimper et de regarder pardessus. Prenant, s'est un peu calmé, mais il hochait toujours la tête en me quittant.

A six heures, il a fait irruption dans mon bureau, tout bouleversé. Il s'est campé vis-à-vis de moi :

— Vous étiez bien à Boniface-les-Bains l'année dernière ?

Je répondis, étonné de son accent :

— Oui, j'étais effectivement à Boniface-les-Bains, l'an dernier, à pareille époque...

— Eh bien, nous sommes beaux ! gémit Prenant en se laissant choir sur un fauteuil.

Il reprit, sur un ton amer et presque gai, comme en proie à une folie commençante :

— Eh bien, nous sommes frais !

Je le conjurai de s'expliquer ; il se leva d'un bond.

— On vous accuse, me dit-il d'une voix sourde, d'avoir été surpris, à Boniface-les-Bains, trichant au jeu !

Puis, il retomba sur son fauteuil de douleur.

Cette accusation stupéfiante me suffoqua, mais je me remis assez vite :

— Quelle plaisanterie ! Je ne suis entré qu'une fois, en curieux, dans les salles de jeu, et je n'ai jamais touché une carte.

Prenant murmura d'une voix altérée :

— Ils ont des témoins, oui, des hommes à eux, un monsieur très coté dans le grand monde, un monsieur de Saint-Théophile...

— Je ne connais pas... pas du tout, répliquai-je abasourdi.

— Ils ont même, dit Prenant d'un air de justicier, une preuve écrite.

— Une preuve écrite ?

— Ils ont la preuve écrite que vous étiez à Boniface-les-Bains l'année dernière !

— Mais je ne songe pas à le nier.

— Pas à le nier ! sursauta Prenant. Au fait, non, vous ne pouvez pas le nier, se lamenta-t-il. Ah ! nous sommes dans de jolis draps !

Je revenais un peu de ma stupéfaction. Mais à peine avais-je repris mon sang-froid que je le perdis à nouveau, dans un bel accès de colère :

— Je ferai un procès à ces misérables

M. PRENANT.

— Un procès ! Tenez, dit Prenant, vous déraisonnez, excusez l'expression. Irez-vous en police correctionnelle, où la preuve n'est pas admise ? Là, vous obtiendrez la condamnation de vos calomniateurs, mais une condamnation sans portée. L'effet moral de l'accusation ne sera pas détruit. Trouverez-vous un biais, dans la procédure, pour les traîner en cour d'assises ?

» Ce biais, vous l'avez trouvé ; admettons-le pour un instant. Vos adversaires produiront des témoins à leur décharge, et qui vous chargeront, vous, le plaignant. Comment prouver que ce sont de faux témoins ?

» Qui produirez-vous, de votre côté, pour confondre les calomniateurs ? Des croupiers, des gérants de cercles ! Belles références aux yeux du jury ! Quelques-uns de vos amis viendront attester votre honorabilité. On peut passer pour un honnête homme et tricher au jeu sans que nul vous soupçonne.

» A chacun de vos témoins, l'avocat des prévenus posera cette question, en retroussant ses longues manches :

» — Le témoin pourrait-il nous dire si, à sa connaissance, monsieur Glaive, a été à Boniface-les-Bains l'année dernière ?

» Et, à chacune des réponses : « Je n'en sais rien » ou « Je crois, en effet, me rappeler », l'avocat se tournera, triomphant, du côté des jurés. Car, quelle que soit la réponse du témoin, l'avocat regarde toujours triomphalement ces messieurs du jury, en écartant les bras et en ouvrant les mains toutes larges...

Prenant a continué pendant une heure sur ce thème et m'a quitté d'un air navré.

8 avril.

Journée d'attente énervante et d'indécision. Je n'ai pas vu Prenant aujourd'hui. Que fait-il ? Que va-t-il se passer ? Je n'ai parlé de rien à ma femme, qui commence à s'inquiéter de mon air soucieux.

9 avril.

Prenant est enfin venu vers midi. Il semblait plus calme ; et terriblement mystérieux. Comme il y avait justement quelqu'un dans mon bureau, Prenant m'a demandé un entretien secret.

Il n'a pas perdu son temps. Il a acquis la conviction que Saint-Théophile est une simple canaille, à qui nos ennemis ont promis trois mille francs pour qu'il fasse une déposition contre moi. Saint-Théophile comptait sur ces trois mille francs pour partir en Amérique. Si on lui donnait quatre mille francs et si on l'embarquait tout de suite ? Quant au rédacteur de l'*Electeur du Vingt-deuxième*, qui se disposait à lancer le canard, on lui fermerait la bouche avec cinquante louis.

Ce qu'il y a de terrible dans mon cas, c'est que Prenant, mon ami Prenant lui-même, ne semble pas parfaitement convaincu de mon innocence. Aussi hésitai-je à terminer ainsi l'affaire et insistai-je pour faire un procès. Mais ce brave Prenant semble alors si navré que je débourse incontinent les cinq billets de mille. Il me faut ma tranquillité à tout prix.

J'avais déjà ma conscience ; j'aurai, par surcroît, les canailles avec moi.

12 avril.

Mon cousin Charles, qui a beaucoup voyagé et qui connaît la politique, a la meilleure opinion sur mon élection. Excellent signe. Car, dans la famille, Charles passe pour un sceptique, Aujourd'hui, il a parlé à deux électeurs, qui lui ont promis de « bien voter ». Hier, il a complètement retourné un lampiste.

14 *avril.*

Aux dernières élections, Triquet avait réuni trois mille cinq cents voix, contre trois mille cinquante à Télamon. Voici les pronostics de Prenant : *Moi*, deux mille quatre cents ; *Triquet*, deux mille quatre cents ; *Télamon*, mille trois cents à mille quatre cents. Je passerai au second tour, grâce à l'appoint des voix de Télamon.

— Vous aurez la bonne place, affirme Prenant. Vous êtes entre deux eaux.

16 *avril.*

Dans les réunions de Triquet, tous les gens intègres livrent au mépris public les agissements de Télamon. Dans les réunions de Télamon, tous les citoyens honnêtes flétrissent la conduite de Triquet. Bonne affaire pour moi que ces querelles. Je serai le troisième larron.

18 *avril.*

Mon élection ne me coûte, à l'heure actuelle, pas plus de quinze mille francs en chiffres ronds : exactement seize mille huit cent cinquante francs. Suivant Prenant, mes adversaires ont déjà dépensé chacun, au bas mot, trente mille francs.

19 *avril.*

Les journaux ont publié leurs listes de candidats. Les uns patronnent Télamon, les autres Triquet. Excellent signe, dit Prenant. Seul, le *Panthéon du Négoce*, journal illustré, soutient ma candidature et publie même mon portrait et ma biographie. J'en ai fait prendre deux mille exemplaires : mille pour les principaux électeurs, mille pour moi.

27 *avril (le grand jour). Huit heures du matin.*

Il fait beau. Excellent signe, dit Prenant. Beaucoup d'électeurs de Triquet iront à la campagne et ne voteront pas. Le vent est un peu frais. Encore un atout dans notre jeu. On ne s'arrêtera pas pour lire les affiches de la dernière heure, si l'on en pose aujourd'hui contre nous.

Midi.

Prenant vient de déjeuner à la maison, en hâte :

— Ça ne va pas mal ; mais ça ne va pas si bien, si bien, qu'on pouvait l'espérer. J'ai fait un tour dans les sections. Il y a un fort contingent de jeunes électeurs, qui constituent l'élément inconnu. Nous passerons, c'est hors de doute. Mais il y aura du tirage.

Minuit.

J'ai su, à huit heures, le résultat du scrutin : Triquet, trois mille cent quatre-vingt-dix voix; Télamon, deux mille huit cent quinze ; Nicolas Glaive, cinq cent vingt-trois. Prenant me déclare que c'est un résultat superbe pour une campagne improvisée et menée hâtivement, sans aide et sans journaux spéciaux. En somme, si je n'avais pas été là, il n'y aurait pas eu de ballottage. Des amis, venus pour me féliciter, me consolent. Nous organisons un petit nain jaune. C'est une soirée de convalescents.

28 *avril.*

En faveur de qui me désisterai-je ? Je m'en rapporterai sur ce point à Prenant. Mon camarade de lutte « avec qui j'ai combattu le bon combat » paraît soucieux. Il m'a engagé, hier, à reporter mes voix sur Triquet, et, ce matin, à me désister purement et simplement.

29 avril.

Prenant me conseille, décidément, de marcher pour Triquet. Voilà qui est entendu. Je rédige mon affiche. Mes cinq cents voix iront à Triquet.

30 avril.

Dans notre pays de bonnes gens crédules, la façon dont les légendes se fabriquent et se colportent est positivement extraordinaire. Voici la conversation que j'ai entendue, mot pour mot, dans mon compartiment, en allant à Chaville. Un monsieur décoré disait textuellement à son voisin :

— Connaissez-vous les dessous du ballottage de Montsouris-Sud ? C'est une histoire bien curieuse. En raison de ses votes avancés, Triquet avait peur, cette fois-ci, d'être battu par le réactionnaire Télamon. Il s'est dit : Je vais lui envoyer dans les jambes un candidat républicain modéré qui lui prendra quelques centaines de voix, et se désistera pour moi au ballottage. » Il a remis cinq mille francs à Prenant, un agent électoral, pour lui procurer ce candidat. Prenant a trouvé un ancien commerçant assez décoratif, avec qui il a dû partager les cinq mille francs. Mais, après le scrutin, Prenant est venu dire à Triquet que le candidat ne voulait plus « marcher » pour le désistement. Triquet a dû recracher trois mille francs, que se sont attribués les deux compères...

Fallait-il perdre mon temps à détromper et à confondre ces gens ? J'ai gardé un silence dédaigneux. Voilà, pourtant, comme on écrit l'histoire !

— Vous êtes bien pressé, monsieur Gambard. Asseyez-vous encore quelques instants.

— C'est qu'il va être dix heures, monsieur Moutier.

— Hé bien ! le marché ne finit qu'à midi. Vous avez le temps d'y arriver.

— Oui, monsieur Moutier ; mais j'ai donné rendez-vous à ma femme devant le marchand d'étoffes et de coupons.

— Oh ! bien, alors, si elle est là, à marchander de la toile ou du drap, elle ne s'impatientera pas. J'aurais bien voulu que vous ne quittiez pas d'ici sans voir mon fils.

— C'est vrai qu'il est revenu de Paris, votre garçon. Vous êtes content ? Il a bien terminé ses études de doctorat ?

— Oui, le voilà docteur en droit. Sa mère est contente. Moi, c'est autre chose. Je le trouve un peu trop Parisien, ce petit garçon-là. Il était là-bas à faire son droit, avec des artistes. Il a maintenant toutes sortes de conversations qui ne me vont pas. Il vous sert des raisonnements sur l'honnêteté, sur la propriété, sur la justice... Hier, à table, ce n'aurait pas été mon gamin qui disait ça, que j'aurais pris la porte. Lui, je me suis retenu simplement de lui envoyer une paire de gifles. Et puis, je ne sais pas s'il a gardé quelque liaison à Paris. Mais il me dépense trop d'argent. Je lui en donne constamment, et il est tout le temps après sa mère pour en avoir... Il se couche très tard, et c'est toute une histoire, le matin, pour que monsieur consente à se lever. Ah ! non, non ! ce n'est pas des manières. S'il veut réussir au barreau, il faudra qu'il prenne un autre chemin.

— Je croyais que vous vouliez en faire un magistrat.

— Il dit que non pour le moment. Nous attendons que ça lui plaise.

— Vous savez que le fils Mégnin est revenu ici comme juge d'instruction.

— Je le sais. C'est un camarade à mon fils. Lui, il paraît que c'est un garçon si sérieux.

— Le fils Mégnin ? Il ferait condamner son père. Ce n'est pas avec lui qu'on étoufferait un scandale, comme celui du collège, l'an dernier... Oh ! diable ! monsieur Moutier, dix heures un quart ! Il faut que je m'en aille, mon bon... Tiens ! vous avez là une jolie panoplie !

— Pas mal. Mais celle que j'ai en bas, dans mon antichambre, est plus intéressante. Je vais descendre avec vous pour vous la montrer. Et je vous montrerai mon poignard malais, que j'ai depuis deux jours. Figurez-vous qu'il a passé ici, voyons, c'était avant-hier, une espèce de marin de je ne sais quel pays, qui avait avec lui toutes sortes de curiosités des pays exotiques. Je lui ai acheté une arme qu'il appelait poignard malais. Est-ce un vrai poignard malais ? je n'en sais rien ; en tout cas, c'est un outil très curieux. J'avais déjà vu ça dans un livre ; mais je ne savais pas que ça existait vraiment. Quand le poignard est dans la plaie, on presse un ressort. Alors la lame se sépare en plusieurs parties. Et quand on retire l'arme, ça fait une horrible blessure en forme de croix... Descendons... Je vais vous montrer ça. Attention aux dernières marches, l'antichambre est tellement sombre. Mais la panoplie est près de la fenêtre... Tiens !

— Qu'est-ce qu'il y a ?

— Eh bien ! elle est forte, celle-là ?

— Qu'est-ce que c'est ?

— Mon poignard malais qui n'y est plus ! Qui est-ce qui a pu l'ôter de là ? Oh ! oh ! il va falloir éclaircir ça !

— Regardez s'il n'est pas par terre, monsieur Moutier. Les clous qui le tenaient sont peut-être tombés ?

— Non ; les clous tiennent bon, et il n'y a rien par terre. Oh ! oh ! Je vais éclaircir ça !

— Je vous laisse, monsieur Moutier.

— A tantôt, monsieur Gambard... Justine !... Justine !... Tiens, c'est vous, Clémence ! Où donc est Justine ?

— Justine n'est pas là, monsieur. Elle est au fond du jardin, avec madame. Moi, j'arrive du marché !

— Mais qu'est-ce que vous avez, Clémence ? Vous paraissez toute bouleversée !

— Il y a de quoi, monsieur ! Il est arrivé un malheur affreux. La vieille dame du château, que monsieur connaît...

— Eh bien ?

— Elle a été assassinée dans son parc hier soir, vers les neuf heures. Son jardinier a entendu un cri. Et, quand il est arrivé, il l'a trouvée morte... On ne sait pas qui l'a tuée, mais ça doit être un bandit effrayant... Figurez-vous, monsieur qu'elle avait là, sur la poitrine, une plaie qui formait la croix... Qu'est-ce que monsieur a ?

— ... Rien. C'est la mort de cette dame... Ça m'a fait un coup... Est-ce que madame sait ?

— Pas encore, monsieur.

— Ne lui dites rien. Ça l'émotionnerait.

— Et puis, madame est déjà ennuyée. Je ne sais pas si je fais bien de le dire à monsieur. Monsieur Lucien...

— Eh bien ! quoi ! monsieur Lucien ?

— Il n'est pas rentré coucher cette nuit... Mais qu'est-ce que monsieur a donc ?

— Je ne sais pas... J'ai mal au cœur... Depuis ce matin... depuis hier... je suis comme ça.

— Monsieur fera bien de monter dans sa chambre.

— Oui, je vais y aller.

— Je vais vous aider à monter l'escalier.

— Non, non. Laissez donc.

— Si, si. Monsieur ne tient pas debout... Voilà... Là.. Voilà... Que Monsieur s'assoie bien sur son grand fauteuil... Monsieur se sent mieux ?

— Oui, oui.

— Je suis sûre que c'est de l'ennui qu'a monsieur, rapport à monsieur Lucien qui découche.

— Voilà madame, justement. Madame, c'est monsieur qui n'est pas bien !

— Mais non, je n'ai rien ! Qu'est-ce

ELLE AVAIT LA, SUR LA POITRINE...

— Mais non, c'est absurde. J'ai mal depuis hier.

— Je vais prévenir Madame.

— Non, non, laissez-la !

qu'elle raconte ?... Allez... Allez à votre cuisine.

— Madame, j'ai dit à monsieur de monsieur Lucien...

— Qui est-ce que vous avait priée de dire ça ? Allez... Et mêlez-vous de ce qui vous regarde... Allez !... Elle est insupportable. Elle t'a dit de Lucien ?

— Oui... Et c'est ça qui m'ennuie un peu. J'étais déjà mal à mon aise.

— Moi, ce n'est pas parce qu'il ne rentre pas que je suis ennuyée... Un garçon de son âge... Mais je t'avoue qu'il a des manières mystérieuses qui m'inquiètent... Si je te disais qu'il y a deux minutes, il est rentré avec précaution. J'étais dans l'antichambre. Je rangeais des choses dans le petit recoin qui est sous l'escalier. Il ne m'a pas vue, dans l'ombre. Mais je l'ai vu qui s'approchait de la panoplie, et qui raccrochait quelque chose à un clou... Mais qu'est-ce que tu as encore, Edmond ? Tu es blanc comme de la cire !

— Rien, rien... Mon malaise de tout à l'heure... Ça me reprend... Va-t-en... Je préfère que tu me laisses seul...

— Par exemple !... Je vais te laisser seul quand tu n'es pas bien !

— Ce n'est rien, je te dis. Je suis énervé. Et de sentir qu'on s'occupe de moi, ça m'agace, ça me fait mal... Va-t'en, ma petite, je t'en prie...

— Oh ! tu me fais de la peine, Édouard !... Mais, qu'est-ce que vous voulez encore, Clémence ?

— C'est quelqu'un qui demande après monsieur.

— Puisqu'on vous dit que monsieur n'est pas bien.

— C'est monsieur Mégnin, le juge...

— Dites que monsieur est souffrant... Je vais voir ce qu'il te veut.

— Non, non. Faites-le monter ici... Vous entendez, Clémence ? Allez... Et toi, laisse-nous !

— Comme tu me parles !...

— Pardonne-moi.. Je t'en prie, laisse-nous. Il a peut-être quelque renseignement confidentiel à me demander... Ça pourrait le gêner de parler devant toi.

— Oh ! Je ne sais pas ce que tu as, Edouard... Tu me fais peur... Entrez, monsieur Mégnin. Je vous laisse avec mon mari... A tout à l'heure...

— Monsieur Mégnin, j'ai préféré, n'est-ce pas ? qu'elle ne soit pas là...

— Vous avez déjà vu votre fils, monsieur Moutier ?

— ... Pas encore.

— Mais vous êtes au courant de l'assassinat du château ?

— ... Oui.

— Toute la ville le sait déjà. C'est extraordinaire comme tout se divulgue... Alors, votre fils ne vous a rien dit ?..

— ... Non.

— Il m'a été d'un grand secours dans cette affaire-là. Nous avions dîné ensemble, et nous étions au théâtre, quand on est venu me chercher... Mais qu'est-ce que vous avez ? Vous n'êtes pas bien?... Vous me regardez d'un air effaré ?...

— Je vous demande pardon... Je ne sais pas si j'ai bien entendu... Je suis comme étourdi... Les paroles dansent... Vous me dites bien que vous avez passé toute la soirée d'hier avec mon fils ?

— Mais oui. Quand on est venu me chercher, il m'a accompagné au château. En voyant la blessure, il s'est écrié :

» — Voilà une blessure qui a été faite avec un poignard malais. Mon père a une arme pareille dans sa panoplie...

» Il est alors venu chercher cette arme ici, avec beaucoup de précautions. Il ne voulait pas vous réveiller. Et, surtout, il craignait de vous émotionner en vous apprenant brusquement cette histoire sinistre. Il m'a donné le signalement du marin qui vous avait vendu ce singulier poignard, et qui devait en avoir sur lui d'autres semblables. Cet homme a été arrêté, tout à l'heure, à trois lieues d'ici. Il a fait des aveux complets ; mais j'avais besoin de votre déposition... Voilà votre fils... Moutier, votre père est au courant... Il est un peu souffrant, votre papa !

— Non, ce n'est rien... C'est de l'énervement... Je vous demande pardon de pleurer comme ça. C'est de l'énervement.

— Mais, qu'est-ce que tu as, papa ?

— Rien, que je te dis... Embrasse-moi, mon petit garçon.

PERSONNAGES

RASCARD.
BRICHETEAU.
UN VIEUX MONSIEUR.
UN PETIT JEUNE HOMME.
UN MONSIEUR.
UN GARÇON DE CAFÉ.

La scène représente un café. A gauche, un groupe très animé entoure Rascard.

SCÈNE PREMIÈRE

UN MONSIEUR, *survenant.*

Qu'y a-t-il ? Je viens de rencontrer Bricheteau. Il paraissait très animé.

UN VIEUX MONSIEUR

Il y a... il y a que Bricheteau vient de se conduire comme un sauvage. Il a frappé monsieur au visage, après une légère discussion. Et si monsieur n'avait pas été raisonnable, nous aurions assisté en plein café à un véritable massacre

RASCARD

Je me serais rebiffé que je l'aurais envoyé dinguer contre la banquette. Pas besoin d'avoir été à Joinville pour ça.

LE VIEUX MONSIEUR

Vous avez montré que vous étiez le plus raisonnable.

RASCARD

A quoi ça sert-il de se conduire comme des gamins ? Pour amuser la galerie ? Je suis bien revenu de ça. Soyez tranquille.

J'ai distribué, dans ma vie, mon compte de gifles, de coups de poing et de renfoncements. Maintenant, je préfère me tenir en paix.

LE VIEUX MONSIEUR

Et vous avez raison. C'est là le vrai courage.

RASCARD

Et puis, vous ne voudriez pas que j'aille me colleter avec cet individu-là ? Mais c'est moins que rien. Il n'est pas à ramasser avec des pincettes. Et puis, il n'y a pas plus capon. Il savait bien que je ne lui répondrais pas. C'est rare, sans ça, s'il aurait tapé.

UN PETIT JEUNE HOMME

Moi, j'y aurais tout de même collé une mornifle, pour y apprendre à causer.

RASCARD

Hé bien, allez-y donc, monsieur, puisque vous êtes si malin ! La porte est ouverte, la rue n'est pas barrée.

LE PETIT JEUNE HOMME

Mais je n'ai pas de motifs, moi, je n'ai pas été giflé.

RASCARD

Hé bien ! je l'ai été, moi ! Et je n'y vais pas. Et je ne viens pas faire le fendant pour épater la galerie. (*Il jette un regard circulaire sur la galerie, mais la galerie se réserve.*) Je vous préviens seulement qu'il n'est pas patient, à son ordinaire. Tout à l'heure j'ai trouvé qu'il avait une patience d'ange. (*Au vieux monsieur.*) Après tout ce que je lui avais dit ! Moi, je vous jure que je n'aurais jamais eu cette patience-là.

LE VIEUX MONSIEUR

Je ne trouve pas que ce que vous lui avez dit motivait de sa part un acte aussi regrettable.

RASCARD

Ce que je lui ai dit aujourd'hui peut-être. Mais, monsieur, ça ne date pas d'aujourd'hui. Il y a des temps infinis que je l'embête, que je joue avec lui comme le tigre avec la souris... Il faut être juste... Il faut se mettre à la place des gens. Personne n'aurait supporté ce que je lui ai fait supporter. Mais il m'aime beaucoup. Sous le rapport du caractère, c'est un vrai bon garçon. Il a une grande considération pour moi. Et je suis sûr qu'il doit être beaucoup plus embêté que moi de ce qui arrive. Il ne sait pas comment j'ai pris ça. Il croit que je lui en veux. Sans ça, il y a longtemps qu'il serait revenu me demander de faire la paix.

LE VIEUX MONSIEUR

Il reviendra, car il vous doit une réparation.

RASCARD

Oh ! je ne la lui demande pas. Je l'en tiens parfaitement quitte. Mais vous ne vous doutez pas de l'importance que j'attache à ces choses-là. Qu'est-ce que c'est que ces choses-là dans la vie, quand on a passé par où j'ai passé ? J'ai eu des deuils terribles dans ma vie. J'ai assisté pendant six mois à l'agonie d'une grand'mère qui m'avait élevé et qui m'adorait. Elle ne pouvait plus remuer les jambes, et sa tête, dans les derniers temps, était enflée, du double... Et vous voulez que je pense à ces vétilles pendant un millième de seconde ? Je n'en parle même plus. Mais je n'y pense plus, monsieur. Je vais m'asseoir ici tranquillement, à faire une manille, et quand il viendra me demander pardon, il me faudra un effort de mémoire pour me rappeler ce qui s'est passé.

LE VIEUX MONSIEUR

Il va venir, soyez-en sûr.

RASCARD

Oh ! il est pardonné d'avance ! Et, d'ailleurs, je voudrais donner à cette affaire une autre solution que je ne le pourrais pas. Il m'a frappé avec le poing fermé. D'après les lois du duel, peut-on se battre dans ces conditions ?

LE VIEUX MONSIEUR

Je ne crois pas.

RASCARD

D'ailleurs, qu'est-ce que vous voulez que j'aille me battre avec ce garçon, qui est mon ami ? Je l'aime beaucoup, ce garçon, et je l'aime d'autant plus que je le sens plus faible, moins pondéré, moins bien équilibré... Je l'aime du fond du cœur... Et puis, il a fait des choses pour sa famille, des choses que je sais. Et, quand on a de ces actions-là à son actif, on peut se permettre n'importe quoi vis-à-vis de n'importe qui. On ne se venge pas d'un homme comme celui-là. On ne risque pas de donner un mauvais coup à un homme comme celui-là. Car, on a beau dire, en duel, on peut attraper un mauvais coup.

LE VIEUX MONSIEUR

Oh ! les duels d'aujourd'hui, c'est un peu de la plaisanterie.

RASCARD

Justement. C'est pour ça que ça ne vaut pas la peine de se battre. Si j'étais un poseur, un esbroufleur, je lui aurais envoyé deux de mes amis. On se serait égratigné, à la Grande-Jatte, et on se serait embrassé. Des hommes sérieux peuvent-ils s'amuser à des comédies pareilles ? Puis, je suis sur ce point de l'avis des Anglais : pas de duel.

LE VIEUX MONSIEUR

Les Anglais, en effet, sont plus simplistes. Ils règlent leur différend à coup de poings.

RASCARD, *avec une moue légère.*

Ben oui. Mais ça, c'est de la sauvagerie.

LE GARÇON, *s'approchant.*

Voilà monsieur Bricheteau qui vient déjeuner.

RASCARD, *très ému*

Le voilà.

SCÈNE II

Rascard est assis à gauche, à côté du vieux monsieur. Les autres consommateurs ont entamé depuis quelques instants une manille. Entre Bricheteau, qui s'assoit à droite.

BRICHETEAU

Garçon ! servez-moi à déjeuner.

LE GARÇON

Nous avons le navarin aux pommes !

BRICHETEAU

Le navarin... Et deux œufs pour commencer. Et un carafon. (*Le garçon s'éloigne et fait la commande à la caisse. Bricheteau le rappelle.*) Dites donc, garçon !... Rascard est encore ici ? Il attend que sa joue refroidisse ?

LE GARÇON, *entre ses dents.*

Oui, il ne veut pas sortir avec ça. Il a

peur d'un chaud et froid... d'une fluxion.

Il s'éloigne. Rascard l'appelle à gauche

RASCARD

Garçon... Vous nous servirez deux madères... (*Au vieux monsieur.*) Vous prendrez bien un madère ?

LE VIEUX MONSIEUR

Puisque vous avez l'amabilité... je prendrai plutôt un bouillon... avec un œuf poché... et un petit morceau de bouilli dans le bouillon... Mais dans le bouillon, garçon... Il demeure entendu que ça ne constitue pas un plat à part.

RASCARD

Dites donc, garçon ?

LE GARÇON

Plaît-il ?

RASCARD

Qu'est-ce qu'il vient de vous dire, monsieur Bricheteau ?

LE GARÇON

Rien.

RASCARD

Dites toujours.

LE GARÇON

Non, je préfère ne pas vous dire.

RASCARD

Si vous croyez que je fais attention à ce qu'il peut dire ! Qu'est-ce qu'il vous a dit ?

LE GARÇON

Il m'a demandé si vous faisiez refroidir votre joue avant de sortir, pour ne pas attraper une fluxion.

RASCARD

Allez... (*Au vieux monsieur.*) Des bravades.

LE VIEUX MONSIEUR

De pures bravades.

RASCARD

Il ne sait pas dans quelles dispositions je suis. Alors il parle à tort et à travers.

LE VIEUX MONSIEUR

...Si j'allais lui dire — discrètement — en quelles dispositions vous êtes vis-à-vis de lui ?

RASCARD

Ce ne serait peut-être pas inutile. Allez-y si vous voulez. (*Le vieux monsieur va à Bricheteau. Rascard allume une cigarette d'un air dégagé.*) Garçon, l'*Amusant !*

LE VIEUX MONSIEUR, *à Bricheteau.*

Eh bien, monsieur Bricheteau, vous voilà un peu calmé ?

BRICHETEAU

Ça m'a détendu les nerfs.

LE VIEUX MONSIEUR

Maintenant que vous n'avez plus de colère, je suis sûr que vous regrettez ce qui s'est passé.

BRICHETEAU

Moi, pas du tout. J'en suis ravi. Me voilà débarrassé d'un être collant et d'un sinistre raseur.. Avez-vous déjeuné ?

LE VIEUX MONSIEUR

...Je suis en train de prendre quelque chose... là-bas.

BRICHETEAU

Mangez un de mes œufs... Deux, c'est trop pour moi.

Le vieux monsieur s'assoit et mange.

LE VIEUX MONSIEUR

Alors, vous ne regrettez rien ! Rascard vous aime beaucoup.

BRICHETEAU

Il m'a toujours rasé.

LE VIEUX MONSIEUR

Vous avez eu le rôle courageux. Moi, à votre place, je voudrais avoir le beau rôle. J'irais m'asseoir près de lui et je lui parlerais gentiment, comme si de rien n'était.

BRICHETEAU

Mais non, que je vous dis. Il a ma gifle, qu'il la garde. Qu'il m'envoie ses témoins !

LE VIEUX MONSIEUR

Il voulait le faire. Je l'en ai dissuadé.

BRICHETEAU

Il s'en est dissuadé tout seul, entre nous ?

LE VIEUX MONSIEUR

Écoutez, entre nous, dites-moi que vous regrettez un peu, si peu que ce soit, ce qui s'est passé. Ce n'est pas pour le lui répéter. C'est pour mon édification personnelle.

BRICHETEAU

Je ne regrette qu'une chose : c'est de l'avoir connu.

LE VIEUX MONSIEUR

C'est déjà quelque chose... Allons, je vais arranger ça.

BRICHETEAU

N'arrangez rien du tout. Je suis ravi d'être débarrassé de cet être-là, que j'ai en horreur et qui est un raseur parfait.

LE VIEUX MONSIEUR

Il ne s'agit pas de renouer avec lui. Il s'agit de liquider cet incident. Après, vous ne le reverrez plus si bon vous semble... Allons, je vais arranger ça.

Le vieux monsieur va s'asseoir auprès de Rascard.

RASCARD

Eh bien ?

LE VIEUX MONSIEUR

Eh bien ! il est certainement encore un peu fâché contre vous.

RASCARD

Il a bien tort.

LE VIEUX MONSIEUR

Mais, évidemment, il est loin d'être satisfait de ce qui s'est passé... Il aurait préféré ne pas vous avoir connu et que rien de tout cela ne soit arrivé.

RASCARD

C'est, en somme, des excuses.

LE VIEUX MONSIEUR

Non, ce ne sont pas des excuses. Mais il ne faut pas être exigeant.

RASCARD

Je vous l'ai dit. Ma position est très nette : je n'exige rien... Je trouve que les entêtés sont des gens stupides. .. D'ailleurs, je sais qu'il m'aime beaucoup.

LE VIEUX MONSIEUR

Oui.

RASCARD

Qu'il vienne tranquillement s'asseoir ici. Nous ne parlerons de rien.

LE VIEUX MONSIEUR

Non, c'est vous qui irez vous asseoir auprès de lui. Ça revient au même.

RASCARD

Ah ! non, c'est à lui à venir ici... Du moins, il me semble..

LE VIEUX MONSIEUR

Voyons ! vous prenez un simple madère. Lui, il est en train de déjeuner. Il est en somme, bien plus naturel que vous emportiez votre petit verre pour aller vous asseoir là-bas... Ce serait un protocole absurde que de l'obliger à porter ici sa nappe et son couvert.

RASCARD

Ça me gêne un peu de traverser le café pour aller le trouver.

LE VIEUX MONSIEUR

Faites semblant d'aller au lavabo. Vous vous assoirez à sa table, en revenant du lavabo.

RASCARD

Non, plutôt en allant. Son déjeuner tire à sa fin. Il pourrait s'en aller. Mieux vaut en finir.

Il traverse le café en se dirigeant du côté du lavabo. Puis, en passant devant Bricheteau, il semble prendre une résolution subite.

RASCARD

Bricheteau ! (*Bricheteau relève la tête.*) Je vous ai toujours considéré comme un garçon intelligent... De votre côté, vous ne me prenez pas, n'est-ce pas ? pour une brute. (*Bricheteau ne dit rien.*) Du moins, j'aime à le croire... Eh bien ! deux personnes comme nous ne doivent pas s'attarder à des stupidités. J'ai été un peu agaçant. Vous avez été un peu vif. Mettons qu'il y a là un simple malentendu et n'en parlons plus.

BRICHETEAU

Moi, je ne tiens pas à en parler. Mais si ça vous fait plaisir de raconter cette petite scène, je ne veux pas vous en empêcher.

RASCARD

Mon parti est pris. Je n'en parlerai pas. Voilà qui est entendu... (*Il s'assoit.*) Vous allez au Casino, ce soir ?

BRICHETEAU

Je n'en sais rien.

RASCARD

On pourrait dîner ensemble.

BRICHETEAU

Je dîne en famille.

RASCARD

Et demain ?

BRICHETEAU

Je ne suis pas libre.

RASCARD

Enfin... prochainement.

BRICHETEAU

Prochainement.

RASCARD

... Votre déjeuner tire à sa fin. Je vous quitte.

Il soulève du côté de Bricheteau une main timide ; mais comme celui-ci n'avance pas la sienne, Rascard transforme son projet de poignée de mains en un vague signe d'adieu amical.

RASCARD, *revenant au vieux monsieur, pendant que Bricheteau se lève et s'en va.*

Eh bien, tout s'est correctement passé. Je ne lui demandais pas de s'humilier. Il a été bien. (*Il se lève et va aux joueurs de manille.*) Intéressante, la partie ? (*On ne lui répond pas.*) Vous savez, il a été très convenable et très correct. L'affaire est arrangée.(*Il va jusqu'à la caisse. — A la caissière.*) Toujours plongée dans vos feuilletons ? C'est passionnant, n'est-ce pas ?.. Vous savez... mon affaire avec Bricheteau ! Complètement arrangée... Oh ! c'était la vraie solution... (*Au garçon.*) Mon chapeau et mon pardessus. Voilà trois francs pour mes consommations. Vous garderez la monnaie pour vous... Eh bien, vous savez, c'est complètement arrangé avec Bricheteau. C'est préférable pour tout le monde... Oh ! entre deux camarades comme nous, ça devait bien finir.

Il se dirige vers la sortie. Rideau.)

TABLE

Pour paraître le 1er Septembre 1910, le n° 46 :

NOUVELLE COLLECTION ILLUSTRÉE
CALMANN-LÉVY

L'ouvrage complet, **95** centimes. Relié, **1** fr. **50.**

LÉON FRAPIÉ

La Maternelle

PRIX GONCOURT

Illustrations de POULBOT

NOUVELLE COLLECTION ILLUSTRÉE CALMANN-LÉVY

L'ouvrage complet, **95** centimes. Relié **1** fr. **50.**

EN VENTE :

N° 1. PIERRE LOTI, *de l'Académie française* . . . . . **Pêcheur d'Islande.**
N° 2. ANATOLE FRANCE, *de l'Académie française* . . . **Le Crime de Sylvestre Bonnard.**
N° 3. LUDOVIC HALÉVY, *de l'Académie française* . . . **La Famille Cardinal.**
N° 4. FRANÇOIS COPPÉE, *de l'Académie française* . . . **Le Coupable.**
N° 5. JULES RENARD . . . . **Poil de Carotte.**
N° 6. RENÉ BAZIN, *de l'Académie française* . . . . . **Donatienne.**
N° 7. A. DUMAS FILS, *de l'Académie française* . . . . **La Dame aux Camélias.**
N° 8. GEORGES COURTELINE. . . . . **Boubouroche.**
N° 9. PIERRE VEBER ET WILLY . . . . **Une Passade.**
N° 10. JULES LEMAITRE, *de l'Académie française*. . . . **Les Rois.**
N° 11. ANDRÉ THEURIET, *de l'Académie française* . . . **L'Oncle Scipion.**
N° 12. ALPHONSE DAUDET. . . . . **L'Immortel.**
N° 13. PROSPER MÉRIMÉE, *de l'Académie française* . . . **Diane de Turgis.**
N° 14. GYP. . . . . **Le Mariage de Chiffon.**
N° 15. FRANÇOIS COPPÉE, *de l'Académie française* . . . **Toute une Jeunesse.**
N° 16. ABEL HERMANT . . . . **Les Grands Bourgeois.**
N° 17. HENRI DE RÉGNIER. . . . . **Les Vacances d'un jeune homme sage.**
N° 18. GEORGES COURTELINE. . . . . **Messieurs les Ronds-de-Cuir.**
N° 19. OCTAVE FEUILLET, *de l'Académie française* . . . **Le Roman d'un jeune homme pauvre.**
N° 20. MARCELLE TINAYRE . . . . **Avant l'Amour.**
N° 21. RENÉ BOYLESVE. . . . . **Le Parfum des Iles Borromées.**
N° 22 ANDRÉ THEURIET, *de l'Academie française* . . . **Amour d'Automne.**
N° 23. EDMOND DE GONCOURT . . . . **La Fille Élisa.**
N° 24. LÉON FRAPIÉ . . . . **Marcelin Gayard.**
N° 25. RENÉ BAZIN, *de l'Académie française*. . . . . . **De toute son âme.**
N° 26. ALPHONSE DAUDET. . . . . **La Petite Paroisse.**
N° 27. ABEL HERMANT . . . . **Confession d'un Enfant d'hier.**
N° 28. GEORGE SAND. . . . . **Elle et Lui.**
N° 29. MARCELLE TINAYRE . . . . **Hellé.**
N° 30. GYP. . . . . **Joies d'Amour.**
N° 31. HENRY MURGER. . . . . **Scènes de la Vie de Bohème.**
N° 32. GUSTAVE GEFFROY . . . . **L'Apprentie.**
N° 33. A. DUMAS FILS, *de l'Académie française* . . . . **Affaire Clémenceau.**
N° 34. GEORGES COURTELINE. . . . . **Le Train de 8 h. 47.**
N° 35. ÉMILE ZOLA . . . . **Thérèse Raquin.**
N° 36. HENRY MURGER . . . . **Le Pays Latin.**
N° 37. Comte DE VILLIERS DE L'ISLE-ADAM. . . . . . **Contes Cruels.**
N° 38. ALFRED CAPUS . . . . **Faux Départ.**
N° 39. GEORGE SAND. . . . . **Indiana.**
N° 40. RENÉ BOYLESVE. . . . . **La Becquée.**
N° 41. ABEL HERMANT . . . . **Confession d'un homme d'aujourd'hui.**
N° 42. JEAN RICHEPIN, *de l'Académie française* . . . . **Miarka, la fille à l'ourse.**
N° 43 ANDRÉ THEURIET, *de l'Académie française*. . . . **Charme Dangereux.**
N° 44. FRANÇOIS COPPÉE, *de l'Académie Française* . . . **Henriette.**

PARIS. — IMP. L. POCHY, 52, RUE DU CHATEAU. — 597-6-10.

www.ingramcontent.com/pod-product-compliance
Ingram Content Group UK Ltd.
Pitfield, Milton Keynes, MK11 3LW, UK
UKHW021057260726
13994UKWH00002B/547

9 782329 307114